读客®

读客彩条外国文学文库

外国文学读彩条，大师经典任你挑

坏消息不断

[加] 玛格丽特·阿特伍德 著　　[澳] 尚晓蕾 译

北京日报出版社

图书在版编目（CIP）数据

坏消息不断 /（加）玛格丽特 · 阿特伍德著 ;（澳）尚晓蕾译 . -- 北京 : 北京日报出版社 , 2023.8
ISBN 978-7-5477-4598-4

Ⅰ . ①坏… Ⅱ . ①玛… ②尚… Ⅲ . ①故事 – 作品集 – 加拿大 – 现代 Ⅳ . ① I711.45

中国国家版本馆 CIP 数据核字 (2023) 第 055546 号

坏消息不断

作　　者：［加］玛格丽特 · 阿特伍德
译　　者：［澳］尚晓蕾
责任编辑：王　莹
特约编辑：高　洁　　孙宁霞　　夏文彦
封面设计：陈绮清
出版发行：北京日报出版社
地　　址：北京市东城区东单三条8-16号东方广场东配楼四层
邮　　编：100005
电　　话：发行部：（010）65255876
总编室：（010）65252135
印　　刷：河北中科印刷科技发展有限公司
经　　销：各地新华书店
版　　次：2023年8月第1版
2023年8月第1次印刷
开　　本：880毫米 × 1230毫米　1/32
印　　张：9.25
字　　数：188千字
定　　价：69.90元

MORAL DISORDER

MARGARET ATWOOD

致我的家人

目 录

*本书中楷体字是根据原文进行的相应变体。

1

坏消息

The Bad News

早晨。夜暂告结束。坏消息该来了。我把坏消息想象成一只巨大的鸟，有着乌鸦的翅膀和我四年级老师的面孔，稀疏的发髻，腐臭的牙齿，布满皱纹的眉头，噘起的嘴唇，等等。在黑暗的掩护下，这只大鸟在全世界游荡，乐此不疲地担当起坏消息的传递者，带着一篮子臭鸟蛋，并且很清楚——当太阳升起的时候——该把它们精准地丢向哪里。比如，丢在我的身上。

在我们家，坏消息伴随着刊登了坏消息的报纸现身。蒂格把它们拿上楼。蒂格的真名是吉尔伯特。和不说英语的人解释这些昵称的由来是不可能的，我也没必要非得这么做。

“他们刚刚杀死了临时管理委员会的领导人。”蒂格宣布。这并不是说他对坏消息无动于衷——恰恰相反。蒂格瘦骨嶙峋，他的脂肪含量比我的少，所以，对于坏消息产生的卡路里——坏消息里面确实有卡路里，会让你血压升高——他吸收、消解，并将其转化为身体一部分的能力也比较低。我能做到，他不能。他想尽快把坏消息传递下去——像甩掉一个烫手山芋那样。坏消息会把他烫伤。

我还在床上。我还没完全醒。我还有点沉浸在赖床的感觉里。到目前为止，我还在享受这个早晨。“早餐之前先别说这些。”我说。我没补上的后半句是：“你知道的，这么早，我应付不了这些消息。”我以前说出来过，但收效甚微。在一起这么久，我们两人的脑子里已经充满了与另一半有关的细微告诫和有益提醒——喜欢的和不喜欢的，偏好和禁忌。我看书的时候不要从背后靠近我；不要使用我的菜刀；不要随便乱扔东西。我们都认为对方应该尊重这套经常被重申的指示，但它们是相互抵消的：如果蒂格必须尊重我在早上第一杯咖啡之前随意赖床并杜绝坏消息的需求，难道我就不该尊重他为了让自己尽快摆脱灾难而想把祸事一吐为快的需求吗？

“哦，抱歉。”他说。他责备地瞥了我一眼。我为什么非要这样让他失望呢？我还不清楚吗？如果他不能立刻跟我说出这些坏消息，那么他体内那些让人恶心的绿色的坏消息腺体或者膀胱就会爆炸，他就会患上急性灵魂腹膜炎。到那时就该我后悔了。

他是对的，我会后悔的。除了他之外，我读不懂其他任何人的想法。

“我现在就起床，”我说，希望我的话听起来能让人宽慰，“我马上就下来。”

“现在”和“马上”已经不能代表它们曾经所代表的意义。做每一件事要花的时间都比过去更长。但我仍然可以按部就班地完成日常程序，脱掉睡衣，换上日间装，保养鞋子，滋润面部，挑选维生素片。领导人，我想。临时管理委员会。被他们杀死了。一年之后我不会记得是哪个领导人，哪个临时管理委员会，哪个他们。但是这种报道会成倍增加。一切都是临时的，再没有人能够管理，而且会有很多人，很多他们。他们总是想要杀死领导人。按照他们的说法，这么做是出于最美好的愿望。领导人们同样怀着最美好的愿望。领导人们站在聚光灯下，杀手们从黑暗处瞄准，很容易命中。

至于其他领导人，他们所谓的先进国家的领导人，那些人其实已经不是在领导，而是在胡乱张牙舞爪。你可以从他们的眼睛中看出来，那些眼睛四边泛白，像是惊恐万状的牲口的眼睛。如果无人追随，你就无法领导。人们振臂一挥，然后无所作为。他们只想继续过他们的日子。领导人们一直在说：“我们需要更强大的领导力。”然后他们溜掉，去偷瞄他们的民意支持率。都是因为坏消息，坏消息太多了：他们无法承受。

不过，以前也有过坏消息，但我们熬过来了。一提到他们出生之前，或者他们还在嘬手指的时候发生的事情，人们都这么说。我喜欢这种表达：我们熬过来了。意思是那些你没有亲身经历的事情都不值一提，就好像你要加入某个我们的俱乐部，戴上某个写着我们的廉价塑料徽章才够资格。不过，我们熬过来了——这句话仍然令人振奋。它变幻出一场行军或者列队，马蹄腾跃，戎装由于围困或者战斗或者敌军占领或者勇屠恶龙或者在荒野中跋涉了四十年而破烂不堪，布满泥泞。一位留着络腮胡子的领导人高举他的旗帜，指向前方。领导人会提前知道坏消息。他会知道，他会理解，他会知道该怎么做。从侧翼进攻！直击要害！滚出埃及！诸如此类。

“你在哪儿？”蒂格朝着楼上喊道，“咖啡好了。”

“我在这儿。”我朝楼下回应。我们经常这样，把空气当成对讲机用。我们没有丧失沟通的能力——尚未。尚未是个引而不发的词，就像是Honour里不发音的字母h。尚未是不言自明的。我们不会把它说出口。

这些就是此刻定义我们的时态：过去时，曾经；将来时，尚未。我们生活在两者之间的狭小空隙中，直到最近我们才开始认为这个空隙应该叫作仍然，而且实际上它并不比其他任何人的空隙更小。确实，我们开始出现一些小问题——一会儿是膝盖，一会儿是眼睛——但到目前为止都只是小问题。只要我们一次只专注于一件事，就仍然可以享受自己的生活。我还记得，我们的女儿还是青春少女的时候，我曾经开玩笑逗过她。我假装自己已经变老了。我走路撞墙，手里握不住刀叉，假装失去了记忆。然后我们都笑了。但这不再是个玩笑了。

我们已经过世的猫咪鼓丘[1]，在17岁的时候患上了猫科动物衰老症。鼓丘——我们怎么给它起了这么个名字？另外一只猫，先走的那只，叫冰碛。我们以前觉得，用冰川堆积而成的地质特征来命名我们的猫咪是很有趣的事情，但这么做的意义我已经想不起来了。蒂格说，鼓丘应该被叫作“垃圾填埋场”，但是给它清理猫砂盆是他的活。

我们应该不会再养猫了。我曾经想过——相当冷静地思考过——蒂格走后（因为男人会先死，不是吗？），我可能会再养只猫做伴儿。我现在已经不考虑这个选项了。到那个时候我肯定已经半瞎，那只猫会在我的腿脚之间跑来跑去，我会被它绊倒，摔断脖子。

可怜的鼓丘一到夜里就在房子里潜行，发出神秘莫测的诡异号叫。什么都不能给它慰藉：它在寻找它丢失的东西，可它不知道那是什么。（实事求是地说，是它的理智，如果猫也有理智的话。）很多个早晨，我们会发现番茄或者梨子上有小口啃噬的痕迹：它忘了它是肉食动物，它忘了它应该吃什么东西。这已经成为我对未来的自己设想的图景：在黑暗的房子里徘徊，穿着白色睡衣，为我不太记得的失去的东西而号叫。那让人难以承受。我在半夜醒来，伸出手去确认蒂格仍然在身边，仍然有呼吸。目前为止，还好。

1　亦称蛋丘，冰川堆积作用形成的一种小丘，形如半卵覆置。——编者注（本书注释如无特别说明，均为编者注或译者注）

我走进厨房时，里面弥漫着吐司和咖啡的香气：我并不意外，因为那就是蒂格准备的早餐。那气味像毛毯一样包裹着我，当我真正吃到吐司、喝到咖啡的时候仍徘徊不去。桌面上，是坏消息。

“冰箱一直在响。”我说。我们不太注意维护家电。我们俩都是。冰箱上贴着一张我们女儿的照片，几年前拍的；她笑吟吟地看着我们，仿佛一颗远去的恒星发出的光。她正忙于她自己的生活，在其他地方。

“看看报纸。”蒂格说。

报纸上有照片。配上照片的坏消息会更糟糕吗？我认为是的。无论你愿不愿意，照片都会吸引你的目光。照片上是一辆被烧毁的汽车，是迄今为止被烧掉的很多车里的一辆，烧得只剩下扭曲的金属框架。一个焦黑的影子蜷缩在车里。这种照片中总是会有空荡荡的鞋。正是那些鞋让我心烦意乱。正是这件每天都要做的最平常的事情——抱着去往某个地方的坚定信念而把鞋穿在脚上——让人悲伤。

我们不喜欢坏消息，但我们需要它。我们需要了解它的动向，以防它冲着我们过来。草地上有一群鹿，正安静地低头吃草。然后汪汪——树林里有野狗。群鹿抬起头，耳朵转向前方，准备逃跑！或者释放麝香进行防御：因为最新消息是狼来了。快——围成一圈！雌鹿和小鹿在中间！喷鼻刨地！准备用鹿角顶向敌人！

“他们不会停手的。”蒂格说。

“太混乱了，”我说，“我想知道当时安保人员在哪儿？”他们那时常说，上帝分发大脑的时候，一些我们能叫得出名字的人排在了最后。

“如果有人真想杀你，他们就肯定能杀了你。”蒂格说。他是那种宿命论者。我不同意，于是我们花了一刻钟的时间愉快地传唤了已经死去的证人们。他提出了斐迪南大公[1]和约翰·肯尼迪；我提出了维多利亚女王（八次失败的刺杀行动）以及用大量暗杀来避免自己被暗杀的约瑟夫·斯大林。以前，这会成为一场辩论。现在则只是消遣罢了，就像金拉米纸牌游戏一样。

“我们是幸运的。”蒂格说。我明白他的意思。他的意思是，我们两个人仍然都坐在厨房里。没有人离去。尚未。

“是的，”我说，“看着点吐司——要烧焦了。”

好了。我们已经处理了坏消息，我们直接面对了它，而且我们没事。我们没有受伤，没有血从我们身上涌出来，我们没有被烧焦。我们的鞋也都还在。阳光明媚，鸟儿啾鸣，没有理由不让人觉得美好。大多数时候，坏消息来自非常遥远的地方——爆炸、原油泄漏、种族灭绝、饥荒，所有一切。之后还会有其他的消息。总会有的。等它们来的时候我们再去担心吧。

---

1 奥匈帝国皇储，1914年视察奥匈帝国波黑省的首府萨拉热窝时遇刺身亡，此事件成为第一次世界大战的导火索。

几年前——什么时候来着？——蒂格和我在法国南部一个叫作格拉诺姆的地方。我们算是去度假的。我们真正想去看的是凡·高画出鸢尾花的那座疯人院，我们也如愿看到了。格拉诺姆是附加行程。我好多年没有想起过那次旅行了，但我发现自己此时就在那里，在曾经的格拉诺姆，在它于三世纪被毁灭之前，在它只剩下几处你付钱才能进入的废墟之前。

格拉诺姆有许多宽敞的别墅，还有公共浴室、露天剧场、神庙等那类罗马人走到哪里都要兴建起来，好让自己感受到文明与自在的建筑。格拉诺姆非常怡人，军方很多高级将领退休后都住在这里。这里的文化相当多元，相当迥异：我们也喜欢新鲜事物和异国情调，但没有罗马人那么喜欢。我们这儿还是有点守旧。不过，我们仍然有来自各地的神，当然，是在官方的诸神之外。比如，我们有一座供奉西布莉[1]的小神庙，上面装饰着两只耳朵，象征着你愿意为她献祭的一部分身体。人们对此开玩笑：他们说，只砍掉耳朵就能过关，算你们走运。丢掉耳朵总比丢掉性命强多了。

在罗马式家庭中还夹杂着一些更为古老的希腊式家庭，一些希腊人的生活方式也仍然在留存延续。凯尔特人进城了，他们中的一些人穿着与我们一样的宽袍和斗篷，说着流利的拉丁语。我们和他们的关系已经足够友好，所以现在他们已经放

1　古代小亚细亚人崇拜的自然女神。

弃了猎首[1]的方式。蒂格不得不安排一定程度的招待活动，我也曾经邀请过一位重要的凯尔特人来用晚餐。这么做存在一定的社会风险，但问题不大：我们的客人表现得相当正常，醉意也刚好保持在不会失礼的程度。他的头发很奇怪——微红并卷曲着——他还戴着很有仪式感的青铜项圈，不过他并不比我能想到的其他一些人更凶残，虽然他的礼貌确实有些瘆人。

我正在装潢着波摩娜与西风女神[2]壁画的客厅里吃早餐。画家的水平并非一流——波摩娜有点斜眼，而且胸部巨大，可是在这里你并不一定找得到一流的画家。我在吃什么呢？面包、蜂蜜、无花果干。这时还吃不到时令水果。没有咖啡，真倒霉；我认为当时咖啡还没问世。我在喝一些发酵的马奶，帮助消化。早餐是一个忠实的奴隶用银托盘端来的。他们是这个家庭里很好的奴隶，他们很在行：他们寡言、谨慎、高效。他们不想被卖掉——那是自然：做家奴总好过在采石场做苦役。

蒂格拿着一个卷轴进来了。蒂格是他以前在军队里的外号“底格里斯”的简称。只有几个铁哥们才会叫他蒂格。他皱着眉头。

“坏消息？”我问。

1　凯尔特人最初出于宗教目的进行猎首活动，以此来为部族增加精神力量；之后主要用这一行为来提升自己的威望。中世纪时期，凯尔特人皈依基督教之后，这一行为逐渐减少。

2　分别为罗马神话中的果树之神和希腊神话中用西风带来春天的女神。

“野蛮人入侵了，”他说，“他们已经跨过了莱茵河。”

“吃完早餐再说。”我说。他知道我起床后不能马上谈论沉重的话题。但我的语气太生硬了，看到他哀伤的表情，我心软了：“他们总是在跨过莱茵河。让你觉得他们自己都烦了。我们的军团会击败他们的。以前一直都是这样。”

“我不知道，”蒂格说，“我们就不该让那么多的野蛮人参军。他们靠不住。”一方面，他自己在军队里待过很长时间，所以他的担忧能说明一定问题。另一方面，他的总体看法是罗马正在加速走向灭亡，而且我注意到，大多数退了休的人都有这种感觉：这个世界缺了他们就完全无法运转。他们不是觉得无能为力，他们是觉得无用武之地。

“好了，坐下，”我说，“我来帮你点一大份面包和蜂蜜，配上无花果。”蒂格坐下了。我没给他点马奶，虽然那对他有好处。他知道我知道他不喜欢那玩意儿。他讨厌别人念叨他的健康，最近他的身体出了一些小状况。让一切都保持原状吧，我默默地向他祈祷。

“你听说了吗？”我说，“他们发现了一颗刚刚被砍下来的人头，就挂在那口凯尔特祭祀古井的旁边。”好像是个从采石场逃出来跑进森林的工人，他们之前就警告过他，天晓得。“你觉得他们会重新信仰异教吗？那些凯尔特人？”

“他们恨我们，真的，”蒂格说，“纪念拱门也没任何帮助。这根本不是策略——凯尔特人被打败了，罗马人把脚踩在他们头上。你没注意到他们一直盯着我们的脖子吗？他们很愿意插一把刀子进去。但他们现在软弱了，他们已经习惯了奢侈。不像北方的野蛮人。凯尔特人知道，如果我们完蛋，他们也会完蛋。”

那块好吃的面包他只咬了一口。然后他站起身，四处踱步。他看上去满面通红。“我要去趟浴池，”他说，“去打听消息。”

去听听传闻和流言，我想。先兆，预感；飞鸟，羊肠。你永远不会知道消息的真假，直到它发生的那一刻；直到它突然落在你的头上；直到你在夜里伸出手，却不再有呼吸；直到你在黑暗中号叫，穿着你的白色睡衣，在那些空荡荡的房间里徘徊。

“我们会熬过去的。”我说。蒂格什么都没说。

那天的天气是那么好。空气中有百里香的味道，果树上繁花盛开。但是这对野蛮人来说毫无意义；实际上，他们更愿意趁着好天气入侵。他们的劫掠和屠杀会有更好的能见度。我听说，就是这群野蛮人把受害者塞满柳条编的笼子，点燃，作为供奉他们神灵的祭品。不过，他们仍然很遥远。就算他们成功地跨过了莱茵河，就算他们没有成千上万地被杀，就算他们的鲜血没有把河流染成红色，他们也要很久之后才会到达这里；或许在我们的有生之年里都不会。格拉诺姆没有危险，尚未。

2

烹饪与餐桌服务之道

The Art of Cooking and Serving

十一岁那年的夏天，我把很多时间用来编织。我以一种远非轻松的姿态蜷缩在羊毛线团、钢针和越来越长的织物中间，顽强而安静地织着。我学会编织时年纪太小，所以没能掌握用食指绕线的技巧——我的食指那时还太短——于是我只能先把右手的针插进线圈，用左手的两根手指捏住它，然后再抬起整个右手，把毛线绕在针尖上。我见过那些能够一边编织一边聊天的女人，她们几乎都不用低头看，但我做不到那样。我的编织风格需要全神贯注，这导致我双臂酸痛，并时常恼怒。

我正在织的是一组婴儿套装，就是给新生儿穿戴的一整套衣物，宝宝从医院回家时可以穿上保暖用。你至少要织两只连指的毛线手套，两只毛线短袜，一条紧身毛裤，一件毛衣，还有一顶软帽，如果你有耐心，还可以加上一条编织的线毯，以及一件叫作屁兜的东西。那个屁兜看起来就像一条有着南瓜形腿的短裤，就是弗朗西斯·德雷克爵士[1]肖像里的那种。布尿片和橡胶制的宝宝裤很容易漏，所以才会用到屁兜。但我不打算织屁兜。我还没办法让自己想象出宝宝可能会尿出来那些喷泉、小溪与河流。

线毯让人跃跃欲试——我一直想织那款有小兔子图案的——但我知道自己得适可而止，因为我没有用之不竭的时间。要是我磨磨蹭蹭，宝宝可能在我准备好之前就出生，就只能穿旧衣服临时拼凑起来的不配套的套装了。我从紧身毛裤和手套开始织起，因为这两件相对简单——基本上就是正反针逐行交换着织，再织进去一些罗纹就好。然后我可以用同样的方法把更复杂一些的毛衣也织好。帽子我会留到最后：那会是我的点睛之作。我还会给帽子装饰上缎带，好系在宝宝的小下巴上——当时还没人考虑到这种系法有勒死宝宝的危险——还要有大朵的缎带花，像小卷心菜一样在宝宝脸庞的两侧盛开。我从《蜂巢编织图谱》的图片中了解到，穿着婴儿套装的宝宝们看起来应该像糖果一样——干净又甜美，撒着柔和的糖霜，如同一块美味可口的小蛋糕。

我选择的颜色是白色。这是传统的颜色，尽管蜂巢图谱里有些图案也用了精灵般的淡绿色或者实用的黄色。但白色是最好的：知道了宝宝的性别之后，我再加上蓝色或粉色的缎带就

1 十六世纪英国航海家、政治家。

行了。我能想象到套装完成后会是什么样子——崭新，光彩，值得赞赏，彰显着我的善良与美意。我还没意识到的是，套装也可能是这些美好字句的替代品。

我要编织这套婴儿服是因为我的母亲有喜了。像其他人一样，我避免使用“怀孕”这个词：“怀孕”是一个生硬、臃肿、松垮的词，想起来都沉重不堪，而“有喜”则如同一只竖起耳朵的小狗，带着快乐的期待，活泼地聆听着越来越近的脚步声。我母亲已经过了适合生育的年龄：我得出这个结论是因为我偷听了她和她城里朋友们的对话，还有那些朋友额头上忧心忡忡的皱纹，她们紧闭双唇微微摇头的模样，她们说出“唉，天哪”的语气，以及我母亲说她只能尽力而为等迹象。据我所知，我母亲的年龄可能会导致宝宝出问题；但到底会出什么问题？我尽量去听，但还是没听出个所以然，也没人能让我去问。宝宝会不会缺胳膊少腿，会不会有点笨，会不会是个白痴？在学校里，白痴是个骂人的词。我并不确定这个词的意思，但是在大街上你不应该盯着看某些孩子，因为那并不是他们的错，他们只是天生就那样。

五月，父亲告诉我母亲有喜了，正在待产。这让我非常焦虑，部分是因为我同时得知，在我的弟弟或妹妹平安降生前，母亲一直有危险。她可能会遇到一些很可怕的情况——一些可能会让她病得很厉害的情况——而且，如果作为我而言不多加小心的话，这些情况就更有可能发生。父亲没说会有什么样的情况，但他的严肃与简洁意味着事关重大。

父亲说，母亲不能扫地或者搬重东西，比如拎水桶，也不能弯腰太深或者举起大件物品。父亲说，我们都得帮忙承担额外的家务。从现在开始到六月份我们去北方之前，由我哥哥负责修剪草坪。（北方没有草坪。而且无论如何我哥哥也不会去：他要参加一个男生夏令营，在森林里用斧头干活。）至于我，总体上能有帮助就可以了。我父亲用一种意在鼓励的语气补充说，要比平时多帮点忙。当然，他自己也会帮忙的。但他不会一直在。我们在那个被别人称为小别墅但是被我们叫作小岛的地方居住期间，他还有工作要做。（小别墅里通常会有冰箱、燃油发电机、划水橇，而这些我们都没有。）难办的是，他必须得离家一阵，他继续说道。但他不会离开太久，而且他确信我一定应付得来。

我自己就没那么确信了。他一直觉得我比实际上更懂事、更有力、更成熟、更坚强。被他误认为是冷静与才干的实际上是惊恐：那才是我默默望着他，不停点头的原因。若隐若现的危险因为太模糊，所以才更巨大——我连怎么为它做准备都不知道。我在心里把自己编织的壮举视为一种魔法，就像童话中的哑巴公主为了让她的天鹅兄弟变回人形而编织荨麻衣服一样。只要我能够把一整套宝宝的衣物织完，那么这套衣服的小主人就会随即离开我母亲的身体，被召唤到人间。只要宝宝出来了，让我看到了——只要宝宝露脸了——就都好办了。但目前来说，这小东西是个威胁。

于是我继续一心一意地专注于编织。我们北上之前，我织完了手套；除了个别笨拙的针脚，多少算是完美无瑕。到了岛上之后，我织完了紧身毛裤——一条裤腿略短，可以抻长些，我觉得。我马不停蹄地开始织毛衣，其中有几行要织出桂花针——有难度，但我下定决心要把它克服。

在此期间，我的母亲一点用处都没有。我的编织马拉松刚开始时，她答应负责织袜子。她会编织，以前也织过：我用的编织图谱曾经就是她的。她会织袜子的脚跟部分，这个技巧我还没完全掌握。但是，尽管能力超强，可她一直在偷懒：到目前为止她只织了半只袜子。她把织物丢在一边不管，而是倚着躺椅休息，双脚翘在木材堆上，读着有关骑马、下毒和剑术的古代浪漫小说——我之所以知道，是因为我也读过那些小说——要不然就头靠枕头懒洋洋地打盹儿，她的面容苍白湿润，她细长的头发也潮乎乎的，她腹部隆起的样子让我感到眩晕，就像看到别人划破手指时的感觉一样。她喜欢穿着一件很久前曾被她束之高阁的旧罩衫；我记得某年万圣节我还穿上它扮演过一个拎着小包的胖女人。那衣服让她显得可怜。

她大白天睡觉的样子让人害怕。那不像她。通常情况下，她是那种散步时目标明确、步履迅速，冬天在冰场上能用相当惊人的速度滑大圈，游起泳来劈波斩浪，并且可以热热闹闹地鼓捣出一桌菜的人——她管那叫鼓捣。她总是知道在紧急情况下该怎么做，她有条理又乐观，她掌管大局。可现在她好像退位了一样。

不编织的时候，我勤奋地扫地。我用手压泵一桶接一桶地打水，然后拎上山，溅出来的水花洒在我赤裸的两条腿上；我用镀锌的盆洗衣服，用阳光牌肥皂在洗衣板上搓，再把衣服装进篮子，拿到山脚下的河边去漂干净，然后再把它们拿上山，在绳子上晾晒。我给花园除草，我搬木头，这一切都在母亲令人担心的懈怠中进行着。

她每天都去游个泳，只不过游得无精打采，只是在随波逐流地漂，和从前的她大相径庭；我也会一起去，不管我愿不愿意：我得看着她别淹死。我很担心她会突然沉下去，沉入冰冷的褐色的水中，头发像海草一样朝四面八方漂散，双眼冷静地望向我。那样的话，我就必须跳进水里，用胳膊搂住她的脖子，把她拖到岸边，可我怎么做得到呢？她太沉了。但这种情况还没发生过，而且她很喜欢到水里去；那似乎能让她醒来。只有头露在水面上时，她看起来才更像她自己。在这种时候，她甚至会微笑，而我就会产生一种错觉，仿佛一切都回到了本来的模样。

但随后她会浑身滴着水走上岸来——她的双腿后侧有曲张的静脉血管，虽然我感到尴尬，但还是无法避免看到——她会迈着缓慢到令人揪心的步子回到小屋，为我们准备午餐。午餐是沙丁鱼，或者抹上花生酱的饼干，或者——如果我们有的话——奶酪，再加上菜园里种的番茄，还有我挖出来洗干净的胡萝卜。她似乎没什么胃口吃午餐，但是无论如何还是会嚼完咽下去。她会尽量聊几句，比如我的编织任务进展如何，但我不知道该跟她说什么。我不理解为什么她要选择这么做，为什么她要让自己变得这么有气无力，浑身臃肿，并让未来——我的未来——变得充满阴影和不确定性。我以为她是故意这样做的。我没想过她或许也被打了个措手不及。

那是八月中旬——又闷又热。蝉在枝头嘶叫，干燥的松针踩在脚下瑟瑟作响。湖面平静得可怕，仿佛在酝酿着一场即将发生的雷暴。我的母亲在打盹儿。我坐在码头上，拍着蟞蝇，忧心忡忡。我想哭，但我不能让自己哭出来。我只能独当一面。如果危险情况——无论是什么——开始出现，我该怎么办？我觉得我已经知道了有可能发生的事情：宝宝马上要出生，比预产期提前很多。然后呢？我总不能把她塞回去吧。

我们在一座岛上，目力所及之处看不到其他人的踪影，没有电话，到最近的村子要开船七英里[1]。我得登上我们那艘笨重的旧船，发动舷外马达——我知道该怎么做，但是我必须使出全身的力气才能拉动马达线——并一直把船开到村子里，

1　1英里约为1609.34米，7英里约为11.27千米。

路上可能要花一个小时。到了那儿我就可以打电话求救了。可是如果马达发动不起来怎么办？之前有过这种情况。或者，如果船在半路上抛锚了怎么办？船上有个工具箱，但我只会最基本的修理。我能修好安全销，我会检查油路；如果这些都不管用，我就只能划桨，或者朝着路过的渔民挥手呼叫——如果有的话。

我也可以划独木舟——我学过，要在船尾处放上一块石头压住分量，在船头那端划桨。但是这个办法遇到风就没用了，哪怕是一点微风都不行：我没有足够的力气保持船行进的方向，我会被吹歪。

我想出了最后关头的计划。我可以划独木舟去往近岸的某个小岛——那个距离我无论如何都能划到。然后我会在岛上放一把火。护林员会看到烟雾，然后派出一架水上飞机过来，而我就可以站在码头上，挥舞着一个白色的枕头上蹿下跳，他们一定能看到。这个计划绝对不会失败。风险在于，我可能会一不小心把陆地那边也点着了。那么我就会成为纵火犯并被关进监狱。但无论如何我还是得这么干。不然的话，我的母亲就会……会怎样呢？

我的思绪在这里中断，我跑上山坡，从熟睡的母亲身边轻轻走过，走进小屋，拿出那个装满葡萄干的罐子，走向那棵大杨树，每当我因为有了莫名其妙的想法而抑制不住自己的时候，就总是会到那里去。我倚在大树下，往嘴里塞了一把葡萄干，开始投入地阅读我最喜欢的一本书。

这是一本烹饪书。书名叫《烹饪与餐桌服务之道》，我最近放弃了所有小说，甚至连《森林蘑菇指南》都不看了，开始全心全意地阅读这本书。书的作者是一位名叫莎拉·菲尔德·斯普林特的女士，这个名字就让我有信任感。莎拉老派而可靠，菲尔德[1]带着田园的芬芳，而斯普林特[2]——嗯，如果你身边有一位叫作斯普林特的女士，那就不会有胡言乱语、痛哭流涕、歇斯底里和对正确行动方针的怀疑。这本书年代久远，在我出生前十年已经面世；它是在大萧条初期由植物起酥油制造厂商科瑞公司出版的，据我母亲说，那个时候黄油开始变得昂贵，所以书中的所有食谱都用到了科瑞起酥油。我们总是在岛上储备很多科瑞起酥油，因为天气一热黄油就很容易坏。但科瑞起酥油基本上是永远不会坏的。很久前，母亲有喜之前，用它做过馅儿饼，这本书里也到处能看到她的批注，她写道“好！！”，或者“使用一半白糖一半红糖”。

然而，让我着迷的并不是书中的食谱，而是开头两章。第一章叫作“没有仆人的家庭”，第二章叫作“有仆人的家庭”。这两章都是进入另一个世界的窗口，让我迫不及待地透过它们窥探一番。我知道它们只是窗，不是门：我无法进去。

1　菲尔德英文为Field，这个词也有“田园，田野”之意。

2　斯普林特英文为Splint，这个词也有骨科夹板的意思，以及修正混乱错位的引申含义。

然而，里面的生活多让人心驰神往啊！

莎拉·菲尔德·斯普林特对于正确的生活方式有着严格的要求。她有规矩，并强制实施。热菜必须趁热上桌，凉菜必须足够凉。“无论用什么方法，这是必须做到的。”她说。我需要的正是这类建议。在餐布的清洁度和餐具的光泽度方面，她的态度很坚决。“即使只是一餐的布置，就算只用一尘不染的镂花针织餐垫，也好过铺上一块有污渍的桌布。”她命令道。我们的桌子上铺着油布，餐具是不锈钢的。至于餐垫，那是超出我人生经验的东西，但我想，能够拥有几条应该会很优雅。

虽然对于基本原则非常坚持，莎拉·菲尔德·斯普林特也有着其他更为圆融的价值观。用餐时间一定要让人乐在其中，一定要有魅力。每张餐桌都应该有中心装饰，比如一些鲜花，或者摆好的水果。如果做不到，“一些小小的蕨类植物加上点鹧鸪藤，或者在矮边碗或者精美的柳条筐里放上一些色彩缤纷的植物”同样可以。

我多希望能拥有一个早餐托盘，上面放着一个小花瓶，里面插着几朵水仙，和图片上一样，或者在小茶桌旁边招待“几个最好的朋友”——这些朋友会是谁呢？——又或者，我最希望的，就是在看得见风景的边廊上，一边吃早餐，一边欣赏“蜿蜒的河流，还有白色教堂的尖顶从对岸郁郁葱葱的树木中舒展出来”的怡人景色。舒展——我喜欢这个词，它听上去是那么平静。

所有这些都是没有仆人的家庭能够实现的。然后，是有仆人的那一章。斯普林特夫人在这一章里也极为讲究，并提供了翔实的内容。（能看得出她是斯普林特夫人；她已婚，但没有其他马虎的后果，这一点和我的母亲不同。）“如果耐心、善良并且公平，就能把一个懒散并缺乏经验的女孩转变成一个干净整洁的专业仆人。”她这样告诉我。吸引我的是转变这个词。我想转变别人，还是想被别人转变？我要做那个和善的一家之主，还是那个曾经懒散的女仆？我不知道。

女仆有两张照片，一张是白天的服装，穿着白色的鞋和长袜，系着一条白色的平纹细布围裙——平纹细布是什么？另一张是下午茶和晚餐时的服装，穿着黑色的长袜，领子和袖口是蝉翼纱的。这两张照片中她的表情相同：脸上带着温柔的浅笑，一双眼睛坦率而矜持地凝视前方，仿佛正在听候吩咐。她的眼睛下面有若隐若现的黑眼圈。我无法判断她看起来是和蔼可亲，还是忍辱负重，抑或只是茫然。如果桌布上有一个污点或者一件银餐具不够亮，她就是被责骂的对象。无论如何，我还是嫉妒她。她已经被转变了，也不需要再做任何决定。

我吃完了葡萄干，合上了书，在短裤上抹了抹黏糊糊的双手。现在该继续编织了。有时候我忘了洗手，把褐色的葡萄干污渍沾到了白色毛线上，不过这可以晚点再补救。斯普林特夫人总是使用象牙皂，知道有这种东西存在真好。我先到菜园里摘了一些豌豆藤，又从红花菜豆藤上摘了一把红色的花朵，用来作为餐桌上的装饰，这项工作现在由我负责了。然而，我的装饰再有魅力，也无法抵消我们使用的纸餐巾的劣质感：母亲坚持要重复使用两次后才丢掉，以避免浪费，而且她还用铅笔在餐巾上写下了我们的姓名的缩写。我能想象，斯普林特夫人看到这种邋遢的做法会作何感想。

这一切持续了多久？似乎像永远那么漫长，但实际上可能只有一两个星期。我的父亲及时回到了家里；几片枫叶变成了橙红色，然后又是几片；潜鸟们开始聚集，每天夜里整装待发，准备着即将开始的秋季迁徙。很快我们就返回城市，我又可以照常上学了。

我织完了一整套婴儿服，除了母亲负责的一只小毛袜子之外——宝宝的小脚丫不会像天鹅那样吧？——我把那套小衣服用白色的棉纸包好，放进抽屉。它有些变形，也不太干净——葡萄干的污渍去不掉了——但是衣服叠起来的时候反正看不到。

我的小妹妹是十月出生的，在我十二岁生日之前几周。她的手指和脚趾数目都对。我把粉色的缎带穿进婴儿服的小扣眼里，还给小帽子缀上了花环，宝宝漂漂亮亮地从医院回到了家。母亲的朋友们过来看望，并且赞赏了我的编织技术，至少看起来是这样的。“这些全是你织的？”她们问。“几乎全都是。”我谦虚地回答。我没有提到母亲没完成她自己的小任务。

母亲说她连一根手指头都不用动，我就像一只小鼹鼠似的开始了编织。“多好的一个小童工啊！”那些朋友说。但我感觉她们认为这件事很滑稽。

宝宝很可爱，虽然转眼间她就穿不下我给她织的婴儿服了。但她不睡觉。你刚把她放下，她就会立刻醒来，号哭不止：她出生之前笼罩在她周围的焦虑情绪似乎侵入了她的身体，她每晚会醒来六或七或八或九次，哀怨地哭泣着。斯波克医生在《婴幼儿护理》一书中说这种情况会在几个月内消失，但在她身上非但没有消失，反而越发严重。

我曾经过于肥胖的母亲如今已经过于消瘦。缺乏睡眠让她憔悴，她的头发暗淡无光，黑眼圈像是淤青一样，肩膀向前佝偻。我躺着写作业时，就把双脚搭在宝宝的摇篮上不停地摇啊摇，让母亲能得空休息一下。有时我放学回家后会给宝宝换好尿布，把她包裹好，放在婴儿车里推出去，或者我会抱着她来回溜达，一只手把法兰绒里她那温暖的、香喷喷的、蠕动着的小小身体贴近我的肩膀，另一只手举着一本书看，或者我会把她抱回我的房间，用臂弯轻轻摇动着她，给她唱歌。唱歌尤其有效。哦，我亲爱的内莉·格雷，他们把你带走，我再也见不到我的宝贝，[1]我会唱这个；或者唱少年唱诗班的《考文垂颂歌》：

1 歌曲《亲爱的内莉·格雷》中的歌词，这首歌是一首十九世纪的反奴隶制民谣。

希律王，很愤怒，
这一天下达了命令，
让他的勇士，在他面前，
把所有的儿童，全部杀戮。

这首歌曲调很哀伤，但是能立刻让她入睡。

除此之外，我还要打扫洗手间或者洗碗。

妹妹一岁时，我十三岁，已经上中学了；她两岁时，我十四岁。我在学校的好姐妹们——她们有些人已经十五岁了——会在回家的路上磨磨蹭蹭，跟男生搭讪。有些人会去看电影，在那儿认识别的学校的男生；还有的人在溜冰场上干同样的事。她们互相交流哪些男生是帅哥，哪些很差劲，她们带着新欢到汽车电影院去赴四人约会，吃着爆米花，在汽车后座上滚来滚去，她们试穿没有肩带的礼服，她们参加各种舞会，在昏暗的体育馆里沉浸于暧昧的音乐和魅蓝的光线，她们紧贴着自己舞伴的身体四处扭动，或者到娱乐室里打开电视，然后在沙发上耳鬓厮磨。

这些描述都是我在午餐的时候听说的，但我没办法加入她们。我避开主动接近我的男生：我想办法拒绝了他们，我得回家照顾仍然不肯睡觉的宝宝。我的母亲在家里有气无力地走来走去，仿佛生病了，或者在挨饿。为了宝宝不睡觉的问题，她去找过医生，但医生也没办法。他只是说："你刚好生了个有这种情况的孩子。”

我的担忧变成了暴躁。每天晚上我都尽快从餐桌边逃掉，把自己关在房间里，用只言片语敷衍地回答父母提出的问题。没有作业和家务，也不需要照看宝宝的时候，我就躺在床上，把头悬在床边，举着一面镜子看自己头朝下是什么样子。

一天晚上，我正站在母亲身后。我一定是在等她走出浴室，好进去试试某件新品，很可能是一种不一样的洗发水。她正俯身把脏衣服从洗衣篮里拿出来。这时，宝宝哭了起来。“你能去把她哄睡吗？”她说，她经常这样。正常情况下，我会脚步沉重地离开，去安抚宝宝，给她唱歌，轻摇着她入睡。

“我为什么要去？”我说，“她不是我的孩子。我没生她。是你生的。”我从未对她说过这么粗鲁的话。甚至当这些话从我嘴里吐出来的同时，我就知道我太过分了，尽管我说的只不过是实话，至少是一部分实话。

我的母亲站直，转身，然后狠狠地打了我一个耳光，整套动作一气呵成。她以前从没做过这种事，或者任何类似的事。我什么都没说。她也什么都没说。我们都为自己感到震惊，也为对方感到震惊。

我应该感到受伤，我确实感觉到了。但我也感到自由，仿佛从某个魔咒中解脱了一样。我不用再被迫为她服务了。表面上，我仍然会帮忙——在这一点上我无法改变自己。但是另一种更为隐秘的生活如同一幅黑色的织物，在我面前展开。很快我也会到汽车影院去，我也会吃爆米花。我的灵魂已经开始奔跑——到电影院去，到溜冰场去，到令人神迷的蓝色光线中的舞池去，到我仍然无法想象的那些诱人的、俗丽的、可怕的快乐中去。

3

无头骑士*

The Headless Horseman

* 西方民间传说中的人物，一说他骑着马，将自己的头颅夹在腋下；一说他骑着马寻找自己丢失的头颅。

那年的万圣节——就是我妹妹两岁那年——我扮成了无头骑士。以前我只扮过鬼魂和胖女人，两者都很简单：你只需要一张床单和很多爽身粉，或者一条裙子加一顶帽子和一些衬垫就可以了。但那年是我扮装的最后一年，至少我是这么认为的。我已经快十四岁了，不适合再玩小孩子的扮装游戏，所以我觉得这次一定要全力以赴。

万圣节是我最喜欢的节日。我为什么那么喜欢它？或许是因为我终于可以抽出一点时间不做自己，或者说是不假装自己，我发现，我在公众场合做出假模假式的姿态虽然越来越驾轻就熟，但也越来越让我有负担。

我是从学校课堂上读的某个故事里得到无头骑士这个灵感的。那个故事中的无头骑士是个极其恐怖的传说，同时也是个笑话，而那正是我想要达到的效果。我以为每个人都熟悉这个人物，我以为学校里学到的东西都应该是常识。我尚未发觉自己其实生活在一个类似于透明气球的环境里，飘浮在世界的上空，却并未与之有过太多接触，我认识的人在我眼前呈现的角度与他们在自己眼前呈现的角度并不相同；反之亦然。在我的气球里高高飘扬的我自己，在别人眼中比在我自己眼中更渺小，也更模糊。

对于无头骑士应该是什么样子，我有自己的设想。据说，他会在夜里骑马飞奔，肩膀上除了一截脖颈之外什么都没有，他的一只手抱着自己的头，一双眼睛向惊愕不已的看客投去阴森恐怖的目光。我按照《雨天兴趣爱好书》里的方法，把碎报纸浸泡在我自己煮的面粉糨糊里打成塑形纸浆，然后用纸浆做出了那颗头。早年间——很早了，至少两年前——我曾经有过一个渴望，要把那本书里介绍过的所有东西都做出来：用烟斗通条拧成的小动物，在中间的小洞滴入食用油就会跑来跑去的轻木小船，还有用一个空线轴、两根火柴和一根橡皮筋组装成的拖拉机。但是不知道为什么，我在家里总是找不到合适的材料。不过，煮糨糊很简单：只要有面粉和水就行。你把它们加热、搅拌，直到糨糊变成半透明状。里面有颗粒也不要紧，可以晚点把它们压碎。糨糊干了之后会变得很硬，而且第二天早上我才意识到，用完糨糊之后我应该在罐子里装上水。母亲总是说："好厨师都自己洗碗。"不过话说回来，我认为熬糨糊并不能算是下厨。

我做出来的头太方正了。我把它的顶部压扁了一些，让它看起来更像个人头，然后放在炉子旁烘干。烘干比我预计的时间更长，并且在这个过程中，鼻子塌缩，整颗人头开始发出怪味。我意识到我应该多花点时间去塑造它的下巴，但是现在已经来不及补救。至少在这颗人头表层已经足够干燥之后，我给它涂上了一层淡淡的睡袍粉色——并希望能够呈现出肉色的效果，然后我给它画上了两个惨白的眼球，还有黑色的眼珠。这双眼睛画出来有点对眼，但是没办法：我不想在还没干的白颜料上用黑颜料修改眼珠，那样会把眼白弄得灰乎乎的。我在眼睛下面画上了黑眼圈，还添上了黑眉毛，以及好像抹过油一样黑得锃亮的头发。我画上了两片红唇，一边的嘴角流下一条光闪闪的鲜艳的血痕。我还特意在这颗头的底部加上了一段脖子根，并把它涂成红色——因为头就是从这里被割掉的——在脖子横截面的正中心我画了个白色的圆圈，以代表颈骨。

骑士的身体让我费了一番心思。我从自己已经不用的木偶戏台上拆下一块黑布做了件斗篷，并把斗篷的颈部收拢在一起——好方便戴在我的头上——并在前面缝上了纽扣。在与眼睛齐平的位置，我剪开了两个不太显眼的小洞，这样我就能看到外面了。我借用了母亲婚前穿过的马裤和马靴——她从结婚那天起就再没骑过马，她总爱提到这件事，带着自豪或是遗憾，或许两者兼有。但当时我并没有特别在意母亲的语气，我只能充耳不闻，好全力以赴去做我正在做的事情。

马靴太大了，但我把曲棍球袜子垫在里面补救了一下。我还用安全别针把马裤别在腰间，以防脱落。我找到一些黑色的冬季手套，还用一根棍子和一块从射箭装备箱里搜出来的皮革拼凑出了一条马鞭。我的父亲以前经常射箭，后来我哥哥也是；但后来父亲放弃了这个爱好，而哥哥的学业非常繁重，于是这个装备箱就被丢在了地窖的行李间里。

我在镜子前试穿了整套服装，把那颗头夹在臂弯里。透过观察孔，我几乎看不到自己的样子，但是镜中隐现的黑色暗影和我手肘附近那两只凶狠地盯着我的邪恶眼珠在我看来相当不错。

万圣节当天晚上，我摸索着走到大门口，和我当时最要好的朋友安妮会合。安妮扮成了“破布娃娃安”[1]，还戴上了红色的羊毛假发辫子。我们带了手电筒，但是安妮还是得挽着我的胳膊领着我，才能走过夜幕下那些格外黑暗的地段，我们经过的街区照明不足，所以这种地段很多。我真该把观察孔开大点。

我们挨家挨户地敲门，大喊着“请客！请客！”，并得到了爆米花球、糖渍苹果、甘草软糖，还有用画着南瓜和蝙蝠图案的黑色及橙色蜡纸包着的万圣节太妃糖，这个让人格外喜欢。我钟爱这种趁着夜色外出潜行的感觉——没人看到、没人知道，貌似很恐怖，但外表之下却一直保持着那个温良的、平

1 美国作家约翰尼·格鲁尔（Johnny Gruelle，1880—1938）绘本中的主要角色，是一个有着红色头发和三角形鼻子的破布娃娃。

凡的、尽职的自我。

那天是满月，我想。应该是的。空气清爽，有落叶，家家户户门廊上挂着的南瓜灯散发出南瓜烤焦后那种令人兴奋的香气。一切都像我之前想象的那样发生着，但我也已经感觉到它们正从我身边流逝。我太老了，这就是问题所在。万圣节是小孩子们的节日。我已经过了那个年龄段，只能从我的气球里俯瞰着它。现在，我终于来到了筹备已久的这个时刻，却已经记不得自己为什么要如此大费周章。

开门的大人们的反应也让我失望。每个人都知道我的朋友安妮扮演的是谁——“破布娃娃安妮！”他们喜悦地喊道，甚至能想到“安”和“安妮”这两个名字的关联——但是对我他们却说：“你扮演的是谁呢？”我的斗篷有消音效果，所以我常常得把答案重复两遍。“无头骑士。”“无头什么？”然后他们会继续问我，“你抱着的那个是什么？”“是颗人头。无头骑士的头。”“哦，是，明白了。”然后他们会赞赏那颗人头，不过是用一种夸张的方式，大人们必须赞赏一件他们内心认为愚蠢可笑的东西时就会这样。我没有想到的是，如果我希望自己的装扮能立刻让人认出来，我应该选择更为人所熟知的角色。

然而，有一位观众不出所料地被打动了。她就是我的妹妹，我经过客厅走向门口时，她还没去睡觉。她瞟了一眼那具蹒跚而过的黑色躯干和巨大的靴子，还有那颗头发油光锃亮、眉头紧皱、没有身体的人头，便开始惊声尖叫。她没完没了地尖叫着，我掀开斗篷让她看到里面只有我而已，但这样也没法让她安心，反而让情况更糟糕了。

“你还记得那颗人头吗？”我问妹妹。我们正坐着她那辆四处乱响的破车，去看望我们如今年事已高、卧床不起而且双目失明的母亲。

我妹妹没有问“什么人头？”，她知道我指的是什么。“它看起来像是个皮条客，”她说，“油头粉面的。”然后她又说，“干得漂亮，弗雷德。”她开车时会朝着路上那些技术不熟练的司机大喊大叫，她干这个熟门熟路。所有这类司机都被她称作弗雷德，包括女司机。

“你怎么知道皮条客长什么样？”

“你懂我的意思。”

“那也是个死了的皮条客。”我说。

“没死透。无论你走到哪儿，那双眼睛都在盯着你，就像那些三维的基督像。”

“不可能，它是对眼。”

“反正就是，我很怕它。”

“你后来还跟它玩，”我说，“你长大了一些之后，你还让它说话来着。”

“反正我就是害怕那颗人头，”她说，“没错，弗雷德，你把整条路都占了吧。”

“或许小时候是我害你不正常的。”我说。

“反正是有什么东西害的。”她说，然后笑了起来。

那个万圣节过后的一段时间里，那颗人头就住在行李间，那里除了有两个扁皮箱装着我母亲婚前的东西——她绣来当嫁妆的茶巾，她保存的儿童长手套——之外，还有几个空箱子，一个装着假鱼饵的金属盒，一些射箭装备，以及一堆我经常在里面翻来翻去并且顺手牵羊的杂物。那颗人头摆在上层的架子上，旁边是破旧的溜冰鞋和皮靴——有父亲的，也有母亲的。脚，脚，脚，脚，头，脚，脚，脚——如果你不习惯这种排列组合，又碰巧抬头瞟了一眼，可能会觉得疑惑。

那时家里已经装了第二部电话，于是我就可以跟我的男朋友们打电话聊天，或者以聊天的名义消磨时间，同时避免惹恼我的父亲——他认为通电话应该尽量简短并言之有物。行李间的门就在电话机旁边。我打电话的时候喜欢把那扇门关上，不然我就会看到那颗人头透过黑暗盯着我，它的嘴角还滴着血。那油亮的黑发和很短的下巴让它看起来像是漫画里刚跟人打完架的领班。同时它似乎又在恶意地关注我，仿佛要把我说的每一个字都听进去，并对我的动机做出不良揣测。

在行李间隐居了一段时间之后，那颗人头移居到我妹妹的扮装衣箱里。那时我已经十五岁，妹妹四岁。她仍然是个很容易焦虑的小孩——甚至比之前还焦虑。据母亲说，妹妹没办法一觉睡到天亮——她会醒来五次或六次或七次或九次或十次或十一次。虽然我的房间就在她的隔壁，但我从没听到过她凄厉的呼唤和吓人的哀哭。我像是被下了药一样，睡得可香了。

但是，我们听人说过，熟睡中的母亲会听到自己孩子的哭声。她们没办法听不到，这是研究证明过的。我的母亲也不例外：在无梦的沉睡中，她会听到一个细小声音的呼唤，她会在半梦半醒之间跌跌撞撞地走进妹妹的房间，机械地安抚她，给她喝点水，重新帮她掖好被子，然后回去继续睡，直到再一次，然后又再一次，随后再再一次被唤醒。过去四年里她越来越消瘦，她的皮肤苍白，她的头发枯涩变灰，眼睛大得不太正常。

事实上，母亲从我们强行送给妹妹的宠物仓鼠身上感染了一种甲状腺疾病，我们本来是希望这只仓鼠每天夜里在滚轮上一圈圈跑动时发出的吱吱呀呀的声音能够安稳妹妹的心神，但是事与愿违。母亲的瘦骨嶙峋和眼睛凸出就是这种病导致的。确诊之后，就很容易治愈。但是日后叙述这段经历的时候，这个细节往往被我母亲和我忽略不提。一个天使——就是那种跟正常小孩不太一样，需要特殊照顾的小孩——用夜行动物一样的奇怪表现耗尽了母亲所有的精力——这个主题比仓鼠传播甲状腺疾病所蕴含的趣味性大多了。

我妹妹看上去确实有点不正常。她的个子很小，梳着金色的小辫子，有一双蓝色的大眼睛，还总是像兔子一样咬着下嘴唇，好像是要防止它颤抖一样。她接触周围的一切时都小心翼翼。新的食物、新的人、新的经历都会让她紧张：她站在它们的旁边，伸出一根手指，战战兢兢地触碰，之后往往会转身跑掉。不要是她很早就学会的一个词。在孩子们的聚会上她不愿和大家一起做游戏；生日蛋糕让她呕吐。她对于门和可能从门外进来的人尤其感到不安。

所以，我父亲扮成狗熊吓唬人的玩法可能真不是个好主意，虽然之前他这样逗过我们两个大一点的孩子，而且还挺成功。我妹妹对这个游戏也很着迷，但她的兴趣点截然不同。她并不理解扮熊的游戏是为了好玩——好让大家有个机会大笑着尖叫着四处奔逃。相反，她想躲在熊看不到的地方偷偷观察它。所以她才会在母亲的落地窗帘上与她视线齐平的地方剪了两个小洞。她会躲到窗帘后面，透过那两个小洞向外窥视，在一种几近麻痹的恐惧中等着父亲回家。他会是一头熊，还是一个父亲呢？而且就算他看起来像父亲，他会毫无预兆地变成一头熊吗？她永远不能确定。

我母亲发现窗帘被剪了洞之后很不高兴。那是打着褶的窗帘，那些褶皱都是母亲亲手折叠并缝好的，并不是因为她喜爱缝纫，而是因为自己动手能便宜很多。可她也没别的办法。有这么一个孩子，惩罚是毫无意义的：这个可怜的小家伙已经因为各种各样的事情吃了不少苦。她的反应永远大大超出事情本身的严重程度。还能有什么办法呢？特别是总在半夜惊醒这个问题，还能有什么办法呢？这肯定是不正常的。妹妹被带去看过医生，但医生也无能为力。“她长大以后会慢慢好起来的。”他只能说这些；他没说具体什么时候能好起来。

由于我妹妹太敏感，抑或是由于母亲已经精疲力竭，很多家里绝对不允许我做的事情，妹妹做就没人管，至少我是这么觉得的。吃饭的时候她可以不用坐在靠近餐桌的椅子上，而是一直待在桌子底下，还把大家的鞋带都绑在了一起。

“还记得鞋带的事吗？”我对她说，“我们一直不知道你为什么要那么做。”

“我讨厌坐在餐桌旁边，”她说，“我觉得那样很无聊。其实我根本没有兄弟姐妹。我更像个有两个父亲和两个母亲的独生女儿。二加二，然后就是我。”

“但为什么要绑鞋带？”

“谁知道呢？可能就是开个玩笑。”

“你那个时候并不爱开玩笑。”

“我希望你们两个喜欢我。我想表现得有趣点。”

“你很有趣啊！我们都很喜欢你！”

“我知道，但那时候不是。你们都不怎么注意我。你们总是在聊大人们的事。”

“这么说就不太公平了，”我说，“我可是花了不少时间陪你。”

“你是不得已，”她说，“是他们非让你那么做的。”

“他们觉得我和你关系不错，”我说，“所以他们才经常说：‘你跟她总是相处得很好。’”

“有前途，弗雷德，你个蠢货！”我的妹妹说道，“你看见了吗？根本没人打转向灯。是啊，反正，他们算是解脱了。”

“我还给你做了苔藓花园呢！”我辩解道。那对她来说是很特别的事情：我在一个沙箱里布置好一切，有苔藓做的树和灌木丛，小木棍做的尖桩篱笆，卵石镶边的湿砂小屋和花瓣铺成的小路。她津津有味地在一旁看着：她的脸色明快起来，她变得很安静，仿佛在倾听着什么。真正的花园对她也有这样的效果。那时正是花园最繁盛的时期。她站在鸢尾花和罂粟花中间，一动不动，仿佛被施了魔法。“苔藓花园，”我说，“还有那些有小贝壳的花园——你很喜欢它们。那些也是我做的。”

“但那又不是在餐桌上，”她说，“别怕，绿灯亮了，你可以走了！更何况晚饭后你总是躲进房间，把我关在外面。”

“我得学习。我不能一直跟你玩。”

“你只是不想让我弄乱你的东西。反正你根本没有一直在学习，你在读《梅森探案集》和试口红。然后你就离开了家，我八岁那年。你抛弃了我。”

“九岁，”我说，“我没有抛弃你。我二十一岁了！我离开家，找了份工作。大家都是这样的。”

“六点之前不能左转，弗雷德，你个混蛋！我真希望能有台照相机。问题在于，”我的妹妹说，“我搞不清楚你应该是什么样子。”

我妹妹有一个跟她很像的朋友——另一个安静、羞涩、焦虑、有着一双大眼睛的天使。我妹妹皮肤白皙，她皮肤偏黑，但两个人都像瓷娃娃般脆弱。她叫利奥妮。她们都坚持穿着荷叶边的裙子，而不穿牛仔裤。她们都选出《十二个跳舞的公主》[1]作为她们最喜欢的故事。她们都期待我用扮装衣箱里现成的东西帮她们打扮：我帮她们盘起头发，涂上口红，戴上我的耳夹式耳环。然后她们踩着我的高跟鞋，拎着过长的裙摆，一本正经地踱步，一直保持着她们的红唇。

“还记得那件割绒衣服吗？”妹妹问道。我们又在她的车里，又在去看望母亲的路上。我们愿意一起去。外漆剥落的破败房屋，野草遍地的旧时花园，我们日渐衰老的母亲——我们在一起时能够更好地面对这一切。我们都带了湿漉漉的葡萄干松饼，装在纸袋里，还有外卖咖啡，装在有害的泡沫塑料杯里——我们给自己买零食作为犒赏，我们需要给自己加油打气。

---

1 《格林童话》中的一个故事：一个王国的十二个公主每天早上醒来鞋子总是破的，众人十分疑惑，于是国王发出通告让大家找出原因。后来一个老兵意外发现，公主们总是在夜间趁众人熟睡后与地下宫殿的王子们跳舞。

“她根本不该把那件衣服给我们，”我说，“她应该自己留着。”

那件割绒衣服是一件晚礼服，黑白银三色相间，是二十世纪三十年代的产品。母亲为什么把它给了我们？她为什么丢弃了这样的宝贝，仿佛从她之前的人生——她作为一个年轻女人快乐而充满冒险的人生中全然退出了一样？我们轮流欣赏着这件礼服；我们也轮流在欣赏的过程中毁掉了它。

“我们肯定不会那么做，”我说，“不会暴殄天物。”

“对，我们不会。我们会很自私。把垃圾扔在后座上就行，我在后边扔一堆垃圾是为了防止有人偷车。”

“我倒不会称这种做法为自私。”我说。

“其实也不会有人想偷这个生锈的破铁壳子。我就是囤积癖。我们会变成他们在堆满报纸、泡菜坛子和猫罐头的房间里找到的那类老太太。”

“我不会。我对猫罐头没兴趣。”

“上年纪真是糟透了，”我妹妹说，“那件衣服的割绒我还留着一块。”

“真的吗？”

“你那条有大朵红玫瑰图案的裙子我也留了一部分。还有你那条蓝色锦缎的晚礼服。我觉得那件礼服太迷人了！你无论怎么穿都很迷人。弗雷德，你是混蛋吗?！你看见她怎么别我的车了吧？”

“那条粉色的薄纱呢？”

“我想妈把它当抹布用了。”

“倒算不上是巨大损失，”我说，“它看起来像块蛋糕。”

“我觉得很好看——我当时还想着，长大以后也要有一件一样的。可是我上中学的时候，已经没人去参加正装舞会了。”

我的妹妹和利奥妮一起优雅地玩着过家家的游戏，游戏里的人生很愉快，人们彬彬有礼，相当讲究，日常生活按部就班地进行。她们钟爱微缩模型：插着小花朵的小玻璃花瓶，玲珑有致的小茶杯、小茶匙、小盒子——任何小巧精美的东西。她们全神贯注地给毛绒兔子们开茶话会，给洋娃娃们穿衣打扮。然后，最奇怪的是，她们发现了行李间里无头骑士的那颗头，并把它从鞋架上拿了下来，收养了它。

于是，它被安排坐在垂耳小白兔和“金光闪闪”的橡胶洋娃娃之间，对眼、嘴角滴着血，它如今的生活与曾经属于我时相比，风险大得多，也更不体面。那颗人头看起来像是被放错了地方，但又很舒适——她们想尽一切办法让它感到宾至如归。她们在它残存的脖颈上系了一条餐巾，又以水代茶装在茶杯里，连同假想中的曲奇饼干一起端到它的面前，好像它有身体一样。更厉害的是，你跟它说话，它还能回应——它说，“非常感谢你”和“我能再来一块饼干吗？”，小白兔和娃娃问它是否度过了一段美好的时光，它也做了回答。有时她们还会让它点点头。如果聚会太累了，她们会把它放在娃娃们的床上睡觉，还把一条钩针编织的被子盖到它越来越短的下巴上。

有一次，我发现它被安置在我妹妹的枕头上，脖子上围着一条母亲最珍爱的亚麻洗碗布。在它周围摆着过家家用的盘子，里面放着碎曲奇，还掺杂着从刺莓树篱上摘下的浆果，仿佛是拜神时献祭的贡品。它头上戴着一个花环，是我妹妹和利奥妮从花园里摘下的胡萝卜叶子和金盏花编成的。花朵已经枯萎，花环也歪七扭八。这个场面的堕落程度令人震惊，仿佛是一位放荡的罗马皇帝为了寻求极致的性刺激，在某位少女的闺房里砍掉了自己的身体。

“你们为什么那么喜欢它？”我问我妹妹和利奥妮。我对那颗头仍然有点兴趣：它毕竟是我的作品，虽然现在看起来，我创作它的时候确实还很不成熟。我用批评的眼光端详着它：这个东西实在是难以服人。鼻子和下巴太小，头颅太方，头发太黑，我应该做得更好。

她们抬起头，用难以置信的目光看着我。“我们不喜欢它。”我妹妹说。

“我们在照顾它。”利奥妮说。

“它生病了，”我妹妹说，“我们是护士。”

“我们要让它感觉好一些。”利奥妮说。

“它有名字吗？”我问。

两个女孩对视了一眼。“它叫鲍勃。”利奥妮说。

我突然觉得很好笑，但我尽力忍住：我不能笑话和我妹妹有关的任何事情，不然她一定会生气。“人头鲍勃？”我说，“那就是它的名字？”

“你不应该嘲笑它。”我妹妹委屈地说。

“为什么？”我说。

“因为那不是它的错。”她说。

“什么不是它的错？”

“就是它没有……它没有……”

“没有身体？”我说。

“对，”我的妹妹用一种受尽折磨的声音回答，“那不是它的错！它只不过就是那个样子！”这时，泪水已经从她的脸颊上滑落。

利奥妮愤怒地瞥了我一眼；她抱起那颗人头，拥抱了它。“你不该这么坏。”她告诉我。

“我知道，”我说，“你是对的，我不该这么坏。”但我不得不赶紧回到房间关上门，因为我再不笑出来就会呛到自己。

可是有时候她们俩却要求我做坏人。她们没完没了地纠缠我，因为她们想跟我玩一个叫作“怪物”的游戏。我要当那个怪物——我要把胳膊和腿伸直，像僵尸一样在房子里和院子里四处寻找她们，用沉闷的声音呼喊：“你们在哪儿？你们到底在哪儿？”而她俩手拉着手，藏在灌木丛后面或者家具的缝隙里，躲避我的追捕，吓得浑身打战。我放学回家后她们已经在等着了；她们会抬起精致的小脸蛋，用可怜巴巴的眼神望着我，乞求我："当怪物！当怪物！"她们没完没了地要我扮演残暴的怪物；只要她们两个人在一起，手拉着手，她们就能坚持到底，就能逃跑，就能战胜我。

有时我回家后只有妹妹一个人在。这里的"一个人"是指利奥妮没在，因为母亲肯定在家。但她没多久也不在家了：我刚到家她就抓空跑出门，比射出的子弹还快，奔向杂货店或者其他似是而非的目的地，让我留下充当临时保姆。她真的想到街上去；她要的是速度和运动，还有她自己的思绪。她想要摆脱我们——我们所有人——哪怕只有一小时也好。但我当时并没有意识到这一点。

"好了，"我会说，"我得写作业。你可以在那边玩一会儿。你去给娃娃们开个茶话会吧！"但我刚摆好书本准备学习，妹妹就开始闹了。

"当怪物！当怪物！"她会说。

"我觉得这可不是个好主意。利奥妮不在，你会哭的。"

"不，我不会。"

"你会的。你每次都哭。"

"这次我不会！求你了！求你了！"

"好吧。"我会说，虽然我很清楚结局会是怎样的，"我数到十，然后就要来抓你了。"后半句话我是用怪物单调的声音说的。等我数到十的时候，妹妹已经把自己关进了前厅存放冬衣和吸尘器的衣柜里，并且隔着门含混不清地喊：“游戏结束了！游戏结束了！”

“好吧，”我会用理智但仍然奇怪的腔调说，“游戏结束了。你可以出来了。”

“不！你还是怪物！”

“我不是怪物。我是你姐姐，出来吧，没事的。”

“不玩了！不玩了！不玩游戏了！”

“不玩什么了？这不是游戏啊！”

“不玩了！不玩了！”

我不该那样。是假装成怪物的姐姐，还是假装成姐姐的怪物？解读这个对她来说确实过于复杂。小孩子都难以分辨模糊的边界，而我妹妹在这方面比绝大多数孩子都更有困难。即使我用伪装的声音说话时，我也非常清楚后果会是什么：先是啜泣和歇斯底里，几个小时之后变成噩梦。夜半时分，妹妹的房间会传出恐惧的喊叫声；我的母亲会从混沌中惊醒，漠然迟缓地下床，穿过走廊去安抚她，让她平静下来，而从始至终我都像一只淹没在啤酒里的鼻涕虫一样酣然大睡，逃避我罪行带来的后果。

“你对她做了什么？”母亲外出购物回来后会这样问。我的妹妹会仍然躲在前厅的衣柜里，抽泣着，不敢出来。我则坐在餐桌旁，平静地写作业。

“没什么。我们在玩怪物抓人的游戏。是她想玩的。”

“她多容易受到惊吓，你是知道的。”

我就会耸耸肩，笑笑。我热心帮忙总不该被怪罪吧。

我为什么要这样做？我不知道。我的理由——甚至从某种程度上能说服我自己的理由——就是我只不过是在配合我妹妹的迫切要求。我是在迁就她，我是在溺爱她。我现在更感兴趣的是，为什么妹妹要一次又一次地提出这种要求。她是否相信她最终能够直面成为怪物的我，并用她自己的方式去应对？她是否在期待我最后——终于——总会变回我真正的原本的样子？

* * *

“你为什么喜欢玩怪物的游戏？”我问她。

“我不知道，”她说，“去死吧你，弗雷德，现在是红灯。你想先吃午饭再去看妈妈，还是看完她再吃？”

“如果先吃了，咱们就会因为之后没什么盼头而沮丧。可我又很饿。”

“我也是。我们去‘路边沙嗲’餐厅吧。”

“或者也可以去‘闲聊’餐厅。他们家的汤很好。”

“我在家经常做汤。我想吃沙嗲餐厅的花生酱了。我这红头发染得可以吗？我长了好多白头发。”

“很好看，”我说，“很显眼。”

“这种红色行吗？”

“有什么不行的？”我说，“只要你喜欢就行。我不适合红色，但你可以。”

“奇怪了，因为按照颜色对照表来看，咱俩都是黄橙发色。”

“我知道。你也能染酸橙绿，但我染了就显得没有血色。你以前总是跃跃欲试地要玩那个怪物游戏，可游戏一开始，你就立刻把自己关进前厅的衣柜里了。”

“我记得。我记得那种完全被吓坏了的感觉。温暖的羊毛，吸尘器的味道，恐惧。”

“但你还是一直想玩。你是觉得你能玩出不一样的结果吗？”

“那就像是在说：‘明天我要早起锻炼。’结果到时候你就是起不来。”

“母亲曾经认为那是她的错。”我说。

“什么是她的错，我藏在衣柜里吗？”

“嗯……还有其他事情，”我说，“全部。还记得当初你非常诚实的那段时间吗？”

“怎么，我后来不诚实了吗？”

“呃，不是。我是说我自己从来没做到过——完全的诚实。我更愿意撒谎。”

“哦，但你也没撒过太多谎。”

我没接话。“总之，你是中学上到一半的时候决定要诚实地对待一切的。你要告诉爸妈嗑药的事、逃学的事，还有你们那么大的孩子上床的事，因为你觉得爸妈对你保护欲过强，对你管得太严。”

“嗯，他们的确是那样，”她说，“我跟他们说了一部分。我把吃致幻剂的事告诉他们了。”

“他们说什么？”

“爸爸假装没听见。妈妈问：‘吃完是什么感觉？’”

“我都不知道你吃过致幻剂。”

“我只吃过一次，”她说，“感觉不是特别好。就像是一次开车走了好久的旅程。我一直在想它什么时候才能结束。”

“我也有同样的感觉。”我说。

在我妹妹十六岁、我二十八岁那年，父母把我叫回了家。这是前所未有的：实际上这是一种紧急呼救。他们越来越束手无策了：我妹妹的各种情绪中又增添了愤怒。她仍然经常哭，不仅因为绝望，还因为愤怒。不然她就会陷入一种浓重的、沉默的愤怒，像重重黑雾笼罩在每个人的头顶。在全家人团聚的圣诞晚餐上我亲眼见过——我现在都会尽量回避这种场合。

我的父母坚定不移地相信我和妹妹的关系特别好——比我那个从不把闹情绪当回事的哥哥强多了。母亲告诉我，他们两人肯定也不太擅长和她相处。他们希望她快乐——她是那么聪明，有很大的潜力——但又那么不成熟。他们真的不知道该怎么办。“也许我们生她的时候年纪太大了，”母亲说，“我们也搞不懂这些事。我像她那么大的时候，就算不开心，也会自己忍着的。”

“她还是个十几岁的孩子，”我说，“他们都这样。是荷尔蒙的作用。”

“你十几岁的时候就不这样。”母亲还没放弃。

“我更会瞒着你。”我说。我没继续告诉她，她其实根本不知道我当时什么样，因为当时她自己都整天浑浑噩噩的。我做过很多她不知道的事情，而且我现在也不打算跟她坦白。“她全都表现在明面上了。”我说。

“她肯定是。”母亲说。

父母希望我回家是因为他们有个机会去欧洲——跟团旅游，费用不高——他们还从来没去过欧洲。他们想去看看那些城堡，他们想去看看苏格兰，还有埃菲尔铁塔。他们兴奋得像小孩似的。但他们不放心把妹妹一个人留在家里：她心思太重，而且正在经历一段情绪低潮期。（“因为一个男孩”，母亲略带鄙视地说。她年轻的时候宁可下油锅也不会承认自己会为了某个男孩而伤心欲绝。当年时兴的是一个女孩同时拥有很多男友，但对他们每个人都微笑着不屑一顾。）

父亲说他们只会离家两周。“还要多几天”，母亲带着愧疚和焦虑纠正道。总共是十八天，算上来回路程是二十天。

我知道我无法拒绝他们。他们已经老了，或者说我觉得他们已经老了。他们已近花甲之年。他们可能再没有其他机会去参观城堡了。于是我答应了。

那是个夏天——多伦多的夏天，炙热而潮湿。我的父母一直觉得没必要装空调或者风扇——他们并不特别在乎身体的舒适——所以白天房子里越来越热，直到午夜才凉爽下来。当时我妹妹已经住进我之前的卧室，于是我就住进了她那间屋子。

我们开始按照一种奇怪的规律过日子，其实就等于毫无规律。我们觉得想起床的时候就起床，就寝的时间也不固定。我们在房子里的各个地方吃饭，脏碗碟在厨房的餐台上堆积如山之后才去收拾。有时候我们会把午饭拿到地窖里去吃，因为那里更凉快。我们读侦探小说，买女性杂志，一页一页地翻阅，重塑自己的形象，哪怕只是在理论上。我累得做不了其他事情；或许不是累，是困。大中午的我就在长沙发上入睡，陷入空洞的梦境，然后在晚饭时惺忪地醒来，感觉像是宿醉。我平时从不午睡。

偶尔，我们会进入烈日灼人的花园，按照父母留下——但我们并未遵循——的详细指示给花园浇水，或者拔掉疯长的杂草，致命的夜来香藤、牛蒡和苣苦菜；或者从即将爬满篱笆边缘的刺莓树篱上剪掉一些枝杈。天蓝绣球属的植物都在绽放，大丽花属和百日草属也是：各种颜色让人眼花缭乱。我们费了很大劲用那台已经很旧的老式手动割草机修剪草坪。我们开动割草机的时间太久，刀片被碎野草和碎苜蓿堵住了。

“或许该让他们进入二十世纪，买一台柴油割草机了。”我说。

“我觉得我们应该把整个花园里的草都割了，”妹妹说，“把它铲平。”

“那样的话，这儿就全是草坪了。以后就有更多草地要割了。咱们还是先把篱笆修剪一下吧。”

“何必呢？太费事了。我渴了。”

“好吧。我也是。”于是我们就进屋了。

在一些突如其来的时刻，我零星地听到了很多关于那个男孩的事情，他叫戴夫，是个鼓手，很难追。故事总是一样的：我妹妹爱上了戴夫，戴夫不爱她。或许他曾经爱过她，或者已经开始爱上她，但后来出了一些事情。她不知道出了什么事。她的人生被毁掉了。她永远不可能再快乐起来了。没有人爱她了。

“他听上去像个软蛋。”我说。

“他不是软蛋！本来我们关系特别好！”

“我只是从你跟我说的这些来判断。我没听出来有什么特别好的地方。总之，如果他对你没兴趣，那他就是对你没兴趣。”

“你他妈的总是这么有逻辑！”我妹妹开始讲脏话的年龄

比我早很多，并且讲得非常流利。

“那倒没有，实际上，”我说，“我只是不知道该说什么。”

“都让你占了，好事都让你占了，”妹妹说，“什么都没留给我。”

这句话深不可测。“你什么意思？”我小心地问，“我占什么了？”

我的妹妹擦拭着眼中的泪水。她需要想一想，从泛滥的悲伤中挑拣出点什么来。“跳舞，”她说，“跳舞都让你占了。”

“跳舞是没法独占的呀，”我说，“跳舞是你要去做出来的事情。你想做什么都能做。”

“不，我不能。”

“实际上你完全可以。阻止你的并不是我。”

“或许我就不该来到这个星球上，”我妹妹凄凉地说，“或许我就不该出生。”

我觉得自己仿佛在伸手不见五指的黑夜中摸索着穿过荆棘。在此之前，一筹莫展只不过是一种表达方式，但现在它描述了一种具体的现实：我能够看到我的智慧像一个线团一样不断被抽出来，一段又一段地释放，每一段都很快败下阵来，腐朽般地断裂，直到这根线被用完的时刻，之后呢？在真正的父母回来接管，让我能逃回自己的生活之前，还剩下多少天需要我来填补——而且是要认真负责地填补呢？

或许他们永远不会回来了。或许我只能永远留在这里。或许我们两个人都只能永远留在这里，被困在我们此刻的年龄里，长生不老，而花园会长成一片森林，多刺浆果树篱会蔓延成一棵树那么高大，挡住窗口的光。

近乎恐慌的我向妹妹提议，我们应该出去走走。闯荡一番。我们应该去基齐纳镇上看看，坐灰狗巴士去。只需要一个小时左右。基齐纳镇上有一些可爱的老房子，我们可以用我的相机给它们拍照。那段时间我拍了很多建筑物的照片——十九世纪安大略的建筑。那是我的兴趣，我说——并不完全是撒谎。有点意外的是，我妹妹同意了这个计划。我以为她会拒绝的：太复杂，太费事，何必呢?

第二天，我们带上橙子和消化饼干出发，并平安无事地抵达了汽车站，坐车全程也相对平静。然后，我们在基齐纳到处漫步，观光。我给老房子拍了照片。我们买了三明治。我们去了公园，还看了天鹅。

公园里有个老太太问我们："你们是双胞胎吗？"

"是的，"妹妹说，"我们是！"接着她又大笑着说，"其实不是，我们只是姐妹。"

"哦，你们看起来像双胞胎。"那女人说。

我们的个子一样高。我们的鼻子长得一样。我们穿着相似的衣服。我明白那个女人怎么会产生这样的想法，估计她有点近视。这个想法让我惊觉：在那一刻之前，我看到的只是我们之间的差别。现在我才意识到，我们俩比我想象中还要相似。我只是多了几层伪装，薄纱般的伪装。仅此而已。

妹妹的情绪发生了变化。现在她几乎兴高采烈。“看那些天鹅，”她说，“它们是那么……它们是那么……”

“优雅，那就是天鹅般的优雅。”我说。我几乎感到眩晕。午后的阳光给天鹅浮水的池塘镀上一层金色；空气中弥漫着一种甜蜜的朦胧。弥漫，我想。那就是我的感觉。或许我们的父母是对的：或许只有我拥有那把魔法钥匙，能够打开锁着的门，把我妹妹从关押她的地牢中解救出来。

“到这儿来真是太棒了。”她说。她的脸庞发着光。

但是第二天，她比以往更不快乐。之后更是每况愈下。我自己或其他人曾经认为我拥有的某种魔力现在看来都失效了。她正常的时候越来越少，情绪也越来越差。年复一年，越来越糟糕。没人知道为什么。

妹妹坐在我家楼梯最下面的一级台阶上，咬着手指甲哭泣。她不是第一次这样了，已经有过很多次。“我干脆离开吧，”她说，“我应该直接离开。我在这儿毫无用处。太吃力了。”她指的是度日。

“你有过开心的时候，”我说，“不是吗？还有很多你喜欢的事情。”

“那是一段时间之前了，”她说，“那还不够。我厌倦了玩游戏。这不是我应该在的地方。”

她指的并不是我家。她指的是她的身体。她指的是地球。她眼前的景象。我同样能够看到：那是悬崖的边缘，是落差陡峭的桥梁，是终点。那就是她想要的：终点。像一个故事的结局。

“你并没有一无是处，你不应该离开！”我说，“明天你感觉就会好些的！”但这就像是隔着一大片荒野，向远在另一端的人喊话。她听不到我的声音。她已经转过身去，低头向下看，向下看，准备向着黑暗处飞去。

她会迷失。我会失去她。我离她太远，无法阻止。

“那是一件非常可怕的事情。”我说。

“没有别的出路了。”她说，“别担心。你很坚强。你能应付。”

我们转过一个街角，又转过另一个，经过一棵柳树和一棵垂枝桑树，把车停在母亲家的车道上。“看看那个弗雷德，”妹妹说，“把车停在马路正中间。如果我是一台铲雪车，我会把他直接铲到灌木丛那边去。”

“是这么个劲儿。”我说。我们爬出车子，这对我来说越发困难。我的膝盖有些问题。我站在那儿，一只手扶着车，一边抻腿，一边打量着荒芜的花园。“我得弄一下那棵紫杉，”我说，“我忘带剪枝工具了。那上面都是非常有害的茄科藤蔓。”

“何必呢？”妹妹直言不讳，“妈也看不见。”

“我看得见，”我说，“其他人看得见。那个花园以前多让她骄傲啊！”

“你太在意别人的看法了。我以前真的是个可怕的小孩吗？”

“根本不是，”我说，“你特别可爱。你有蓝色的大眼睛和金色的小辫子。”

“据说我小时候经常哭闹。”

“那不是哭闹，”我说，“你的神经系统很敏感。你对现实的反应更强烈。”

“换句话说，就是经常哭闹。”

“你希望世界变得比现在更好。”我说。

“不，那是你。是你的希望。我只希望世界可以对我更好。”

我没接话。“你情感充沛，”我说，“你对事物充满感激。你比其他人更懂得感激。你实际上是处于过度喜悦的恍惚中。”

“但我现在好了，”她说，“感谢上帝带来了制药厂。”

“是的，”我说，“你现在没事了。”

她每天吃一粒药来治疗她天生的化学失衡。一直以来，就是这个原因。这就是让她每天遭罪的原因，根本不是因为我的恶行。

大部分时间里，我是这样相信的。

我们来到门前。物质的经久不变让我惊讶不已。还是同一扇门——我年复一年，穿着日常的衣服，或者以各种装扮和伪装的形象进进出出的那扇门，我完全没有想过，有朝一日我还会和头发花白的妹妹一起，站在这同一扇门前。但是所有经常使用的门都是通往来世的门。

“我找不到那颗人头了，”我说，“无头骑士的那颗头。还记得它住在行李间的时候吗？还记得那些靴子，还有射箭的装备吗？”

“隐约记得。”我的妹妹说。

“我们得把那堆东西整理一下，你知道。到时候我们得把它们处理掉。”

“我并不希望那个时候的到来。”妹妹说。

“它到底到哪儿去了？那颗人头？你把它扔掉了？”

“哦，还在下面的某个地方。”妹妹说。

4

我的前公爵夫人*

My Last Duchess

* 《我的前公爵夫人》（*My Last Duchess*），英国诗人罗伯特·勃朗宁的戏剧独白诗作品，也被译作《我最后的公爵夫人》或《我的最后一位公爵夫人》。本篇开篇为课堂研究“Last”的确切词义，学生们对Last有不同理解，所以文中为符合语境，也会出现对于Last翻译不一致的情况，并会单独标注。

“‘墙上的这幅画是我的前公爵夫人’。”贝茜小姐读道。没有人会当面称呼她贝茜小姐，但我们之间都这么叫她。这比我们给其他老师起的外号比如大猩猩、瘸子、河马什么的礼貌多了。“好了，同学们，‘前’这个词能够马上告诉我们什么呢？”

我们的新教室里窗子很高，所以除了天空之外，我们看不到外面的任何景色。今天的天空是氤氲蓝，一种温暖、让人昏昏欲睡的颜色。我并没有刻意去看，但它仍然在余光中出现，博大、无形而舒缓，像大海一样不停地涌动。其中一扇窗子开着，几只苍蝇飞了进来。它们在周围嗡嗡着，撞向窗玻璃，想要出去。我能听到它们的声音，但看不见它们，我不敢冒险扭头去看。我应该思考前这个词才对。

前，前，前。前（last）和没（lost）的发音那么相似。前公爵夫人。公爵夫人读来仿佛唇齿间沙沙作响，似一句低语：如同轻拂过地面的塔夫绸。这样的日子很难让人不打起瞌睡，神游天外或者陷入半梦半醒。那是个五月的下午，外面的树上开着花，花粉四处飘飞。教室里太热了，充满了一种振荡，崭新带来的振荡——现代曲线风格金属框架课桌上的金色木料，绿幽幽的黑板，即使关上好像也同样会轻轻嗡鸣的日光灯。不过，在新鲜感之外，教室里有一股陈旧的气息，一种经年历久、发酵般的气息：二十五个少年的青春肉体在春天潮湿的空气中轻轻蒸腾着，散发出一团油腻发咸的、看不见的热气，在四周弥漫开来。

前公爵夫人，也就是最后一位公爵夫人[1]。那么，应该不止一位。一大堆公爵夫人，像合唱队那样全部站成一排。不对，应该是前年的前。公爵夫人是存在于过去的——如今她已经消失了，结束了，被抛在后面了。

贝茜小姐经常不等有人举手就自己回答，那样可能会等很久，因为太快说出答案在我们看来很可笑。我们不想因为答错了而让自己出丑，其实就算答对了，有时候也一样会显得傻傻的。贝茜小姐非常清楚这一点，所以她十有八九会直接自问自答。“前公爵夫人告诉我们的是，”她说，“这位公爵夫人已经不再是公爵的夫人了。它同样暗示着，或许还会有下一位公

1　此处作者将last理解为“最后一个”的意思而不是“之前”的意思。

爵夫人。一首诗的第一句非常重要，同学们。它定下了基调。我们继续。”

贝茜小姐像往常一样坐在讲台上。无论是从同龄女人还是所有女人范围内来看，她都称得上是拥有一双美腿。她还穿着漂亮的鞋——并不是我们这些人平时常穿的那种便士鞋、马鞍鞋、天鹅绒平底鞋或跳舞时穿的细高跟鞋，但我们看得出她的鞋都很有品位，而且保养得很好。在贝茜小姐那些柔柔地闪着光的鞋上，看不到一个污点或者一丝污迹。

每双鞋都与服饰搭配得宜，在这方面贝茜小姐同样极为优秀。我们学校的女教师在上课时穿着剪裁合身的西服套装，像是某种制服——一条直筒、斜角或者打褶的半身裙，与之相配的上衣，里面再穿一件白色或者奶油色的女式衬衫，通常在颈线部位打着蝴蝶结，在左领尖上别着一枚胸针——但是贝茜小姐的套装有一种旁人无法企及的优雅。她的衬衫不是那种俗气松垮的尼龙面料，而是挺括光泽，她佩戴的胸针上镶嵌的半宝石看起来像是真宝石，其中最漂亮的一枚是一只琥珀和黄金做成的蜜蜂。她的头发不是灰色，而是银色，很精致地烫出波浪；她的颧骨凸出，下颌绷紧，目光锐利；她暗自扑了粉底的鼻子呈鹰钩状，这个形容词还是她教给我们的。

我们可怜学校里的其他女教师——她们都是绝望而邋遢的苦工，劳累过度又容易分神，被迫完成“给我们上课”这个费力不讨好的任务——但我们并不可怜贝茜小姐。

班里的男生尊重的不仅是她严肃的专业形象，更是因为她拥有硕士学位。“硕士”这两个字就是一种资格认证：它代表着某种重要的东西，和“医学博士”这个词差不多。所以男生们尊重这个头衔，也尊重她对他们的严格管教。“理查德，你有什么有趣的事情要说吗？如果有的话，请你跟全班所有人说吧。”“戴维，这个解读可不像是你的水平。你应该有更好的表现。人应该不断拓展自己知识范围的边界。”“罗伯特，你是想随便耍个小聪明吗？”对于这类评价，我们称之为讽刺挖苦。但贝茜小姐从不讽刺诚恳的错误，她对这些错误很有耐心。

“那么，‘墙上的这幅画是我的前公爵夫人’，”贝茜小姐说，“‘看起来仿佛她还活着’，仿佛她还活着。同学们，仿佛这个词告诉我们什么？”

这一次，她在等大家举手。我永远不知道——我们都不知道——她哪一次会决定等下去。这样一来，悬念和迫在眉睫的危险——被突然袭击，被点到名字，被迫回答问题的恐惧——总是会让我瞬间清醒。被点名回答的时候，我会想到一大堆词，太多的词，像是一摊黏糊糊的由音节组成的布丁，我得把它们整合成形再发言，而此时贝茜小姐那双带着嘲讽望着我的细眼睛就会传递出这样的信息：*你应该有更好的表现*。在她等待期间，我发现防止被点名的最好的办法就是低头——不然贝茜小姐可能会把我挑出来——于是我忙着在笔记本上写笔记。

他把她干掉了，我写道。把她干掉了是我绝不会在课堂上大声说出来的那种话，因为这是俚语，而且贝茜小姐不赞成这种野蛮和粗俗的说法。我是从自己习惯阅读的侦探小说里学到干掉了这个词的，我把这种习惯当作逃避写作业，或者至少是拖延写作业的一种方式。不幸的是，家里有很多侦探小说，此外还有一些历史小说和关于第一次世界大战的书籍，还有关于拿破仑时代海战的书籍，以及关于输卵管的形状及功能的书籍。如果不想看书，我就会翻开一摞旧的《生活》周刊和《时代》周刊，还有《女主人》和《好主妇》杂志——我的父母什么东西都不愿意扔——里面的广告（灌洗器是什么？）和有关时尚及个人问题的文章（《少年叛逆：五种解药》《口臭：你无声的敌人》《这段婚姻还能挽救吗？》）总是让我百思不得其解。多年来，我因为不想学自己该学的东西，反而学到了不少其他东西。

干掉了，我写道。公爵把公爵夫人干掉了。卑贱的妓女经常被人干掉，那些刺头、蠢货、臭娘儿们也是。干意味着用棍子之类的钝器猛击头部，但公爵对公爵夫人应该不会使用这种手段。他应该也不会像我读过的更恐怖的小说里的那些丈夫一样，把她埋进地窖，然后用水泥浆把墓坑填满，或者把她大卸八块，然后把尸块扔进湖里，丢进井里，或者抛在公园里。我认为他很有可能是把她毒死的——所有历史爱情小说的作家都公认，当时的公爵们都是用毒的专家。他们的戒面上镶着空心的宝石，可以趁人不备打开机关，把宝石里面藏着的毒药粉末撒进人们的酒壶中。砒霜是他们很爱用的一种毒药。那位可怜的公爵夫人会逐渐病倒；他们会请来医生，但那个医生也是被公爵收买的坏人。这位医生会调配出最后一剂毒药来结束她的生命。临终的场面会很感人，之后还会举办豪华的葬礼，有蜡烛的那种，然后，公爵就可以自由地追求另一位美人，然后让她成为公爵夫人，然后再把她也干掉。

但再一想，我觉得在这件事上，公爵连手指都不会抬一抬。他自矜高贵到了根本不屑于亲手下毒的程度。我下达了命令，他在这首诗的后面说了。（我直接跳去看了后面的部分。）这种脏活会交给某个外号叫“一号杀手”的恶棍去干——就像莎士比亚的戏里写得那样——而公爵本人会在其他地方，谈论自己认识的名流，虚情假意地恭维着，并炫耀他收藏的名贵艺术品。我也想象过他的样子，他应该阴郁风雅，过分礼貌，总是穿着天鹅绒面料的衣服。有些电影明星就是这副样子，比如詹姆斯·梅森[1]。他们总是带着高贵的英国口音。公爵应该有这种口音，虽然他是意大利人。

“怎么样了？”贝茜小姐说，“我们要讨论的是仿佛这个词。我们等不了一整天。玛丽莲？”

“也许她死了。”玛丽莲说。

1　詹姆斯·梅森（James Mason，1909—1984），好莱坞明星，出生于英国约克郡，代表作有《洛丽塔》《一个明星的诞生》和《西北偏北》等。

“非常好，玛丽莲，”贝茜小姐说，“有这个可能。专心的读者，我说专心的时候，比尔，也是在说你，除非你有其他更重要的事情要办——没有吗？——专心的读者肯定会想到这一点，而且或许还会想到——如果公爵夫人确实死了——她的死因有可能是什么。”

一听到比尔的名字，我感到自己脸红了，因为比尔是我的男朋友。遭到贝茜小姐的嘲讽对他来说是种羞辱，所以我也连带着被羞辱了。比尔做阅读的确不专心，但他也很后悔这样，或者很厌恶这样，我不确定是哪一种。我仿佛能看到他在我后面两排的座位上，面对朋友们的讪笑，因为羞愧和愤怒而满脸通红的样子。但贝茜小姐才不管这些。如果她认为你不够认真——如果你妨碍了她的教学，她就会狠狠教训你。

“当然，我们经常会形容一幅肖像‘栩栩如生’，”她继续道，“这就是另一种可能。或许公爵的这句话只是在形容这幅肖像的逼真程度——是栩栩如生的。整首诗都是从公爵的角度来讲述的——所以他的话都不能被当作客观事实。角度的问题我们到后面再讨论。”

逼真，我在笔记本上写道。栩栩如生。公爵夫人仿佛还活着。角度。

贝茜小姐是全校最好的英语老师，甚至有可能是全市最好的老师之一，我们的父母说遇到她是我们的幸运。她带着我们轻快地学完全部课程，仿佛是在放牧一样，她指挥我们远离错误的弯路和危险的悬崖，当我们在不该松懈的地方放慢脚步时，她会催着我们往前走，而到了能放松的地方，她也会让我们游荡一番，好消化吸收重要的内容。她把我们的学习任务描述为一场竞赛，而且是障碍赛：在期末考试之前我们还有很多内容没学，她说，所以必须赶快学完。这片土地上遍布着障碍和坎坷，以及重重困难。时间飞逝而过，《德伯家的苔丝》还在前方耸立，在我们看来仿佛一座陡峭的山坡。诚然，一旦我们登上山顶，已经多次登顶的贝茜小姐或许会向我们展示一番风景；但爬山过程中肯定免不了经常脚底打滑。去年学习《卡斯特桥市长》的时候我们已经跟托马斯·哈代[1]较过劲了，任务相当艰巨。因此，我们需要在本周内学完《前公爵夫人》，这样我们就能在周末喘口气，然后好好学《德伯家的苔丝》。

墙上的这幅画是我的前公爵夫人，
看起来仿佛她还活着。
如今，我称这幅画为奇迹；潘道夫先生的双手
忙活了一天，才让她伫立在眼前。
能否请你坐下来看看她？

1 托马斯·哈代（Thomas Hardy，1840—1928），英国作家、诗人，代表作有《德伯家的苔丝》《无名的裘德》和《卡斯特桥市长》等。

“那么，同学们，‘能否请你’，你们觉得公爵在跟谁说话？”

贝茜小姐带着我们逐字逐句地学完了这首诗。这首诗很重要，贝茜小姐说，在期末考试里占整整十五分。英语是一门必修课：不通过考试我们就不能毕业。但将将及格并不能让贝茜小姐满意，她希望我们取得高分。她要守护学校的名誉和她本人的声誉。她的学生考得好是因为他们准备得很充分。“你们必须做好充分准备，”她经常对我们说，“你们肯定会把教材都复习好，但此外，一定要把问题读两遍，好确保你们不会答非所问。你们一定要保持冷静，不要慌乱。你们一定要条理清晰并组织好语言。”针对我们学过的每一篇作品，她都给出了一份历年考试中的相关题目的总结，并训练我们写出合格的答案。

我们答完的试卷会交给一群精心挑选的阅卷老师统一进行批阅，然后，在八月的某一天，最终成绩会毫无预兆地出现在报纸上，以极为残忍的方式公之于众——我们的朋友、敌人和家人都能看到。我们对此惊恐万分。那就像是你洗澡时浴帘被人一把扯下的感觉。

报纸上公布的成绩决定了我们是否能够继续升学。升学意味着上大学。富家子弟不上我们学校——他们上私立学校。中学成绩的优劣对他们的人生影响不大，因为无论如何他们都能有升学名额。我们学校也不收差生；我们也不能自认太笨而放弃升学，那由不得我们。被我们称为辍学生的那些人都已经早早退学，但在此之前他们一直在用“大聪明”“马屁精”“炫耀狂”和“假正经”这些称呼折磨我们，并无情地嘲笑所有真正做了作业的学生。他们让我们对自身产生了不确定的看法。“以为你们有多聪明似的。”他们讥笑道。我们确实认为自己聪明，至少比他们聪明；但我们并不完全赞同我们的这种聪明。感觉就像是多长了一只手：尽管开起门来更方便，但仍然感觉畸形怪异。

但我们也只能靠这种畸形活下去。我们必须运用智慧，努力爬上已经为我们搭好的阶梯，让自己有所成就。男孩们被寄望于成为医生、律师、牙医、会计师、工程师。而我们女生则不确定未来的方向。如果升不了学，我们就得结婚，否则会变成老处女；但如果成绩一向很好，那么这个令人沮丧的分岔口就可以晚一点到来。

六月，我们要坐在体育馆里参加为期三周的考试。贝茜小姐说，这是我们人生的转折点，但如果我们准备充分，就不需要害怕这次考试，因为它考的不仅是我们的智力，更是我们的品质。我们需要有勇气和定力才能成功，拥有这些品质之后，剩下要做的只是依照正确的顺序写出正确的事实和结论即可。

但我们还是拿有可能发生的灾难来互相吓唬。体育馆里没有空调，如果赶上六月份常见的高温天气——那我们就都要被蒸熟烤焦了。之前听说过女生突然晕倒，从座位上摔下来的事情；还有的女生突然来了月经，只能坐在一摊血泊里，而且更恶心的是，那摊血还从椅子上滴到了地板上，扑通、扑通、扑通——令人困窘难当。男生们则出现了精神崩溃的迹象，开始喊叫咒骂；还有的人勇气丧失殆尽，他们记住的一切都突然从大脑中消失，考试临近结束时才发现，他们除了把自己的名字写了一遍又一遍之外，其他什么都没写。有一个男生在考卷的每一页上都画了一个完美的等腰三角形——画得一丝不苟，这一点需要强调。一丝不苟是一种让人不寒而栗的感觉：我们知道，一丝不苟距离完全发疯只有一步之遥。

放学后，我穿过足球场回家，我曾经很害怕这个地方，从不进来，但同时又感觉这地方具有某种程度上我无法定义的重要性，不过现在这里已经退化为一片无关紧要的泥泞草地了。几个小孩在球场更衣室后面抽烟，就是那个据说经常有人鬼混的更衣室，据说那些鬼混都和一个名叫洛蕾塔的女孩有关，她是个辍学生。我伸开双臂把装满笔记的黑色大文件夹抱在胸前，上面还堆着课本。女孩们都这么做。这样可以防止别人盯着我们的胸部，我们的胸部要么小到可鄙，要么大到可笑，也有正合适的——但多大才算是正合适？无论什么样的胸部都令人羞耻，都有可能引来一群油头粉面的男生或者开车路过的小伙子浪叫："把胸给我们瞧瞧啊！"要不然他们就会唱：

我必须，我必须，我必须让我的胸变大！

最好能，最好能，不然就永远不穿毛衣啦！

同时，他们像动画片里的母鸡一样弯起胳膊前后摆臂。虽然实际上这类调笑不太会发生，但总让人担心会发生。大声回骂那些男生是放肆的行为，体面的做法是不去理睬他们，然而这种做法并不让人觉得体面，而是让人觉得羞耻。只要有胸就是羞耻的事。但一点胸都没有就更羞耻了。

“身体站直，肩膀后展，不要含胸”，很久之前，体育老师在排球课上经常这样吼我们，就在我们马上要考试的那个体育馆里。但她懂什么？她自己是平胸，而且一把年纪了，少说也得有四十岁。

胸其实还好，它们在前面，你还能稍微遮挡一下。但屁股就是另一回事了，它们在后面，在我们看不见的地方，于是更加无法无天。除了穿上宽松的打褶裙之外也没其他的办法。

嘿！嘿！尽情摇摆！让我看看你们扭起来！

陪我一起穿过球场的是比尔，他不是那种会成群结队四处晃荡并高声评价女生胸部的男生；或者我认为他不是。他更严肃，他有更重要的事情去做，他有目标。他想让自己有出息。作为我正式的男朋友，每天放学回家他都会送我一段，除了周五他要去一家杂货店打零工，不顺路。每周五放学后以及周六下午三点之前他都要打工——他在攒上大学的钱，因为他父母没钱供他，或者不愿意出钱。他父母虽然都没上过大学，也一样过上了好日子。比尔说那就是他们的态度，但他似乎并不想埋怨他们。

几个月前，比尔取代了我的前男友，更早之前我的前男友也是这样取代我的前前男友的。取代的过程很微妙——需要外交手段，小心处理，以及忍住不接电话的意志——但关系到了某个阶段，取代就避无可避。在更早的、两情相悦的阶段之后，就到了取代的阶段。我们经历了第一次约会，第一次尝试着牵手，电影院里揽上肩头的手臂，缓慢黏腻的调情，停下的汽车中气喘吁吁的摸索，双手的进攻和抵挡，拉链和纽扣的交战，但过一阵子，我们就会陷入僵局：双方都不知道下一步该怎么走。继续下去不敢想，也不可能走回头路。这个阶段的特征包括精神萎靡不振，频繁地争吵又和好，无法决定我们要看哪部电影，以及——就我而言——阅读那些结局悲惨的小说，并为之哭泣。到了这个时候，换掉现男友，另找新男友就变得势在必行了。

我倒不会单独为每一个被换掉的男孩感到哀伤，我更厌恶的是结束本身。我不希望人生中的任何阶段就此结束，完毕，永远成为过去式。同样，我更喜欢一本书的开头而不是结局——我兴奋于还没读到的书页上那些未知的内容——但我读每本书的时候又总是忍不住先去偷看最后一章。

作为男朋友，比尔没有遵循——也无法遵循——标准的取代周期。周六晚上的约会已经被抛在脑后，我们面临的是体育馆里的严峻形势，以及与之相关的一切：晕厥、咒骂、惊慌、失败、羞耻。六月前还有那么多内容要学到，我们没时间继续在小轿车里整晚缠绵，被挥着手电筒的警察询问我们的状况；我们没时间继续花在吵架、生闷气、三言两语的电话和不情愿的原谅上面。我们放下这些事情，专心一起学习。

或者，准确地说，是我帮比尔学习。我帮助他学习英国文学科目。到目前为止，这门课他勉强能及格，但现在他害怕极了，尽管他不愿意称之为害怕。相反，他指责文学本身：它蛮不讲理。他希望一切都能像他擅长的代数科目那样简单明了。一个词怎么可能同时具有两三种意思？贝茜小姐怎么能从区区一首诗里讲出那么多东西？为什么人们说话不能直截了当？

事实证明，帮助比尔并不容易。他对这首诗的复杂程度感到恼火；他会为之争论，并认为它不该是现在的样子；然后他对运用了这种写作手法的诗人感到恼火；然后他对我感到恼火。过了一会儿，他就会说他很抱歉，那不是他的本意——他说我真的非常聪明，至少在这方面是。我擅长文字，跟他不一样，而他为此很钦佩我。他只是需要我把这首诗再解释一遍，而且要讲得更慢一点。然后我们会耳鬓厮磨一番，但不会太久，因为我们时间有限。

这一天，比尔和我并不特别着急回家。我们闲逛，散步；我们在杂货店前停下来买甜筒冰激凌。“你要偶尔放下书本休息一下。”比尔说。散装冰激凌是放在纸质圆桶里的，所以吃起来有淡淡的纸板味；甜筒的质地像皮革。我们走到殡仪馆，坐在它门口的矮石墙上。阳光是金色的；淡绿色的抽穗从树上垂下；比尔剃得很短的浅棕色头发像一块柔软的天鹅绒草坪一样闪着光。我竭尽全力忍住不去抚摸他的头顶，就像抚摸一只毛绒玩具狗那样，因为他肯定不会喜欢我那么做。他不喜欢被人爱抚。

“我不会及格，”比尔说，“我会被淘汰。”

“不，你不会的。”我说。

“我就是不明白。”

“不明白什么？”

“到底是怎么回事。”

“什么到底是怎么回事？”我说，虽然我知道他的意思。

“就是那首该死的公爵夫人的诗。”

该死的是比尔在我面前说过的最脏的脏话。如果他说出其他的词——比如F开头的那个词——那就意味着他觉得我是那种你可以随便说脏话的女孩，那种劣等女孩。

我叹了口气：“好吧，我再从头到尾讲一遍。这首诗是罗伯特·布朗宁写的。他是十九世纪最重要的诗人之一。这是一首戏剧体的独白诗。意思是只有一个人在说，就像戏剧中的独白。它运用了抑扬格五音步的跨行对句格律。”

“这部分我懂。”比尔说。格律对他来说并不困难，因为与计数相关。辨别十四行诗、六节诗、平仄平仄隔行交错对韵的民谣等对他来说毫无问题。

我吃完了冰激凌，把甜筒皮的末端塞进石墙和殡仪馆的花坛之间，花坛里整齐地种着一排红色的郁金香。我感到慵懒，并没有心情讲课，但比尔俯身向前，他真的在听。“所以，这个说话的人是费拉拉[1]的公爵，”我说，“整首诗都是从他的角度来叙述的——这很重要，因为他们总是会问角度的问题。我们知道是费拉拉，是因为诗的标题下面就写着*费拉拉*。费拉拉是意大利著名的艺术中心，所以公爵收藏名画也顺理成章。时代背景是文艺复兴时期。当时发生了很多谋杀案。到目前为止都清楚吗？”

“嗯，可是……”

“好，那么公爵正在和伯爵的一位特使交谈。我们知道他是伯爵派来的是因为诗里说了，就在结尾处。他在打伯爵女儿的主意，他想得到她，让她成为他的下一任公爵夫人。诗里没说是哪位伯爵。他们在楼上——公爵和那位特使。我们知道这一点是因为最后他们下楼去了，就是诗中提到的‘不，我们一起下去吧，先生’。”

1　费拉拉（Ferrara），位于意大利东北部艾米利亚-罗马涅波河畔的城市。

“为什么要说这个？”比尔问。

“说哪个？”

“谁在乎他们是在楼上还是在楼下？”比尔已经开始气急败坏了。

“他们只能在楼上，因为楼下还有其他人——你看看，这里写了——而公爵想私下谈一谈。而且无论如何，公爵带特使去看的那幅公爵夫人的画像也在楼上。公爵拉开一道帘幕。帘幕后面是他上一位公爵夫人的画像。他的前公爵夫人，明白了吗？那幅画很逼真。”

“什么？”

“逼真。意思是栩栩如生。考试的时候记得写上这个词。我敢打赌能值一分。”

“哎哟，”比尔沮丧地笑了笑，“好的。既然你这么说，好，帮我写下来。”

“好。那么他们就站在那儿观看这幅公爵夫人的肖像。然后基本上就是公爵告诉特使关于她的事情，她出了什么问题，以及为什么他把她干掉了。”

“或者把她关进修道院了。”比尔不死心地说。贝茜小姐提到过这也是一种可能性，还说布朗宁本人就是这么做的。足够奇怪的是，班上的男生更喜欢这个温和一些的版本。他们能理解一个人因为妻子乏味或者丑陋或者唠叨或者在其他方面不让人满意于是想抛弃她的想法；他们能理解对于更好榜样的渴求；但是把之前的妻子杀掉对他们来说似乎过于极端；他们都是善良的男孩子，他们以后想从事医生之类的职业。只有公爵那种变态才会把事做绝。“她住进修道院，就不会再让他烦心了，”比尔说，“而且她在那儿只会更快乐。那家伙太讨厌了。”

“这说服不了我，”我说，“他绝对把她杀了。‘所有的笑容都凝固了’——这句真的很突兀。意思非常明确了。但是考试的时候你要写明有两种可能。总而言之，他摆脱掉了她。这首诗主要讲的是为什么。公爵的说法是她太爱笑了。”

“这就是我不明白的地方，”比尔说，“这个理由也太愚蠢了。还有一件事我也不明白。如果他这么圆滑”——贝茜小姐已经花了不少时间来强调公爵的圆滑，虽然她没有直接用这个词，而是说他精明和老练——“如果他这么圆滑，为什么他会傻到把这些都告诉特使呢？这样只会让那个特使跑回伯爵那里说：‘取消婚约——那家伙是个危险的变态！’”

我从殡仪馆的矮石墙上站起来，拉直前后裙摆，拿起我的书本。“我们星期六再复习一遍，”我告诉他，“我会把我的笔记给你抄一份。”

“我肯定考不过。”比尔说。

在家里，我住地窖。我搬下去是为了复习考试。地窖比家里其他地方都凉快；而且离家里其他人更远。这些天我不想和任何人说话，至少不想和我父母说话。他们不理解我面临的严峻考验，他们认为我总还有时间去修剪草坪。

我从后门溜进家里，趁母亲没看见，蹑手蹑脚地走下通往地窖的楼梯，我打开冰箱，拿出我放在里面的一罐诺泽玛[1]面霜。我的理论是，用冷冻的薄荷护肤霜敷在脸上会促进血液流向大脑，让我更有可能学得进去。

等我的脸被冻得发白之后，我在地窖里踱步。我需要整理好思路，但公爵夫人让我捉摸不透。也许她根本不是被毒死的。也许她是被人用匕首刺死的，或者是被勒死的——但勒死她的不是侦探小说里常见的尼龙袜子，而是一条丝绳。也许她是被绞死的，这种方法也需要勒住脖子。具体的勒法我不清楚，但这个词听起来让我喜欢。我想，可怜的姑娘，只是因为太爱笑，就被绞死了。

但是——诗里还说——她的笑不是那种司空见惯的笑。她的笑容“深切并富有激情”，而且很“诚挚”。对此进行了充分思考之后，我能理解一个走到哪里都会向左右露出诚挚笑容的妻子确实有可能很烦人。学校里有些女生也会对所有人都露出同样诚挚的、一本正经的微笑。学校的年鉴里经常会用“性格很了不起”或者“我们的阳光小姐”来形容她们，但我从来没有特别喜欢那些女生。她们脸上挂着笑，目光从你头上

1 Noxzema，希腊平价护肤品牌，后被宝洁收购。

掠过，通常会落在某个男生身上。其实她们也只不过是在按照女性杂志上的说法去做而已。笑容不需要花钱。笑容：最好的化妆技巧！用笑容赢得魅力！这样的女孩太急于取悦别人。她们太轻贱了。就是这个——这就是公爵不喜欢的：公爵夫人太轻贱了。这一定是他的角度。我越想起公爵夫人以及她有多么过分——过分而热情，而且日复一日用一样的笑容示人确实无聊——我就越同情公爵。

但纠结于公爵的不满没有意义：为了应付期末考试，他必须是坏人。贝茜小姐已经说过，我们可能遇到诸如“比较公爵和公爵夫人这两个人的特征”这种题目。为此，她说，我们应该准备好一个正反对照的词汇清单，把合适的词成对列出来。我已经开始准备我的清单了：

公爵：无情，~~自命不凡~~骄傲，~~油腻~~虚假礼貌，自我中心，炫富，~~贪婪~~经验丰富，~~心理变态~~艺术品收藏家。

公爵夫人：天真，低调，~~自作聪明~~诚恳，真诚，~~病态的亲切~~待人和善，谦逊，~~愚蠢~~缺乏经验，艺术品。

这样的一份清单能帮助比尔。只要我把公爵这边的每个特征与公爵夫人那边的相应特征用箭头连起来，他应该就能够理解。我那些真正的、困惑的想法，我会埋在心里。

我一直在想比尔提出的关于特使的问题。我为之困扰。如果公爵想要说服特使并促成这件事，那他为什么要用这种很不明智的方式向一个彻头彻尾的陌生人吐露心声呢？所以，我想娶伯爵的女儿，而这就是我娶到前一位公爵夫人之后做过的事情。她站在那里，仿佛还活着。挤挤眼睛，用胳膊肘捅一下特使的肋骨，明白了吗？哦。是呀，特使说，怎么会。差点被你骗了。

公爵不是白痴。他一定有他的理由。

如果婚约早已经是板上钉钉的事了呢？如果是这样——如果联姻已经成为必然——那么诗中的一切就都变得清晰了。公爵很讨厌当面解释，因为解释会拉低他的身份，所以他是在利用特使给下一位公爵夫人传话，他要传的话是：我希望我的公爵夫人们守规矩。否则她们就要退到幕后了。真的是幕后——因为如果下一位公爵夫人太出格，那么她最终也会变成一幅画像，并被公爵保存在帘幕的后面。谁知道公爵的楼上还藏着多少幅被帘幕遮住的画像呢？

公爵对特使说这番话只是在显示他的体贴罢了：他希望他的喜恶能够提前得到充分的理解——你只能笑这么多，而且只对我笑——好避免之后的不愉快。“‘只是你身上有这一点/或那一点让我厌恶……’”他已经说过了。厌恶，是一种相当强烈的措辞。他觉得前公爵夫人让他厌恶，他不希望下一位公爵夫人也让他厌恶。

这并非对这首诗公认的看法。公认的看法是，特使被公爵跟他说的这些吓坏了，想要抢先冲下楼梯，好远离这样一个性格扭曲的疯子。当公爵说道“不，我们一起下去吧，先生”的时候，他是在阻止特使抢在他前面。但我并不这么认为。我认为更有可能的是，特使示意公爵先走——很可能他还讨好地微微鞠了一躬——而公爵则礼节性地表示大家地位都是平等的。“我们一起下去吧，先生”——他在表演友谊。他很有可能还把胳膊搭在了特使的肩上。

如果我没想错的话，公爵、特使和伯爵——这三个人是沆瀣一气的。这桩婚事是场交易：伯爵会把嫁妆交出来，和女儿吻别，并得到社会声望作为回报，因为公爵的地位比伯爵高。一旦伯爵的女儿进入了公爵的宅邸——按照贝茜小姐教给我们的称呼，他的宫殿——她就只能靠自己了。她指望不上来自她父亲或者其他任何人的帮助。我想到了她坐在镜子前练习微笑的场面。会不会太热情了？或者太冷漠了？嘴角的曲线上扬太多了？还是不够？鉴于来自特使的提示，她完全可以肯定她的生命取决于能否展露出完美的笑容。

星期六晚上，我到比尔家去，一身学生打扮：牛仔裤，无袖T恤，外面再套一件宽松的男士衬衫。我是骑自行车去的，因为比尔在电话里跟我说他父母开车出去了，所以他没办法来接我过去。

比尔的家是一栋新建的两层黄砖小楼，方方正正的。战后，那片地区建起了很多外观相同的房子，一排又一排。主卧室在车库正上方；房子有一个很小的前厅，然后是一条走廊，穿过通往客厅和餐厅的门，直接通到方形的小厨房。后边还有一个闷热、狭窄的房间，里面堆着一个懒人躺椅和一张能够拉开给客人用的沙发床，还有电视机。我们在比尔家的时候就去那个房间学习。在我家，如果我父母在，我们就在厨房的餐桌上学习，如果他们不在，我们就去地窖。

我按了门铃，比尔立刻开了门——他一定是在等着我——然后我走进前厅，脱下脚上的跑鞋。这是比尔家的规矩：鞋要脱在门口。虽然比尔的母亲要上班——她在一家医院工作，但她不是护士——即便如此，她还是把房子收拾得一尘不染。屋里有清洁剂的味道——高乐氏牌清洁剂和柠檬油家具抛光剂，隐约还能闻到樟脑味。感觉整座房子像是被泡在防腐剂里以防变质，因为变质就意味着有脏东西。比尔和我从来没有进过客厅，但我在门口向里面张望过。客厅的地面全铺上了黄褐色的地毯，上面拥挤地摆放着清漆茶几，茶几上分别放置着各种瓷器小雕像和水晶烟灰缸，不过也许是装糖果的小碟子？窗帘一直拉着，以防物品褪色。我家就没有这种安静神圣的围蔽空间。

比尔的妈妈并不太欢迎我。我已经从《女主人》和《好管家》（你的婆婆：最好的朋友还是最坏的敌人）这类杂志上了解到了这种不欢迎——母亲们对于想要拐跑她们宝贝儿子的女孩的这种敌视自古有之——所以她笑容里的寒意并未让我感到惊讶。然而每次我遇到她的时候，她都会竭诚地感谢我帮助比尔学习她所谓的“他的英语”。而且要命的是他不得不继续学下去——学这些对他以后的生活没有任何用处，而且他已经非常灰心丧气了；为什么就不能让他专心发挥他的长处呢？但既然他无论如何都必须学，那他最好还是有一个像我这样聪明的朋友——她没有说“女朋友”——好让他用功读书。

我们的学习一开始非常顺利，复习了可能的出题要点和答案。但后来比尔说，你要偶尔放下书本休息一下。他去拿了些姜汁汽水回来，很快我们就在沙发上搂抱着抚摸起来。不过，我们并没把它拉开变成床——只有轻贱的女孩才会纵容这种事，而且我们也担心比尔的父母可能会突然回家，他们以前这么干过。今天晚上他们没回来，但过了一会儿，我们还是坐了起来，理了理头发，扣好了衣扣，然后继续学习。

比尔似乎无法集中注意力。他掌握了那份特征对比的清单——他觉得那是有道理的。但他又说，那个人对公爵夫人的所作所为非常可耻。公爵夫人很有可能完全没有预见到会发生什么，而那个自以为是的小变态竟然还敢吹嘘，他把她的画像挂在墙上当作装饰，很可能她长得也很美，真是糟蹋了。

我说，这些都偏离了重点：阅卷老师对比尔的个人意见不感兴趣。他们想看到的是利用证据对这首诗进行客观分析。这首诗会被印在试卷上——他们不要求他把它背诵下来，他只需要把问题读两遍，然后写下标准答案——就是贝茜小姐带着我们复习过的那些内容，然后从诗中找到支持这些观点的句子，把它们抄下来，首尾加上引号。

比尔说，是，这些他都知道，只是用这种方式浪费时间和精力实在是毫无价值——最终是为了什么，要证明什么呢？我说，要证明他是个专心的读者，这就是他们想知道的全部。

我不应该把“专心的读者”说出来。这让比尔想起了他和贝茜小姐之间最近发生的不愉快，以及她的嘲讽。他的脸颊绯红。

他说这一切都没什么用，因为成为一个专心的读者也不能帮他找到工作。我说能，因为那能让他考试过关，继续升学。而且我说无论如何，规则又不是我定的，他为什么要生我的气？

比尔说他没有生我的气，他是在生那个该死的公爵的气，因为他杀了公爵夫人，他应该被关起来，最好能被绞死。那么我为什么要为他辩护呢？

我们之前有过这类愚蠢的争论。它们不知从何而起，也不知怎么就平息了；争论时我们都会指责对方说了一些实际上并没说过的话。

“我不是在为他辩护。”我说。

“是，你就是。她是个挺不错的普通姑娘，嫁了一个变态的混蛋丈夫，而你似乎认为那是她自己的错。”

我没那么说过，但这话不完全错。我为什么会因为比尔揣测了我的感受而生气呢？

“她是个愚蠢的姑娘，”我说，“她应该能看出来他不喜欢她对着每一个汤姆、迪克、哈里，甚至对着夕阳都露出那种垃圾笑容，天啊！简直了。”

“她只是在表示友善。”

“她只是在表示她是个笨蛋。”

“她不是笨蛋。她怎么知道他想要什么？她又不能看透他的心思。”

“这正是我的意思，”我语带厌倦地说，“她就是傻。”

“不是，她不傻！他是个变态！他从来没提过笑容的事。他从来没跟她说过半个字。诗里是这么写的，说他不会选择屈尊去谴责什么的。”

“她脑子缺根筋。”

“至少她不是大聪明和炫耀狂。”比尔挑衅地说。

我说公爵会更想要一个大聪明和炫耀狂，而不是一个傻瓜蛋——一个令人厌恶的傻瓜蛋——因为他有修养，也很成熟，他欣赏艺术品。无论如何，我都不是在炫耀，我只是想办法帮他通过考试。

“你以为你特别聪明是吧，”比尔说，“谢谢，但是不必了。我不需要什么该死的帮助，尤其不需要你的帮助。”

“好的，没问题，”我说，“你要这样的话就随便你。祝你好运。”我把我的书从地板上捡起来收拾好，用穿着袜子的脚所能跑出的最快速度冲出走廊，在前厅穿好球鞋。比尔并没有出来挽留我。他还待在那个有电视的房间里。房间里传出的声音让我知道他打开了电视。

* * *

我在夜色中骑车回家。时间比我想象中还要晚。我的父母已经关灯睡觉了。我忘了带钥匙。我爬上后门旁边的垃圾桶，身体歪到一侧，从牛奶箱的空隙中钻进房子，我以前这么干过很多次。然后我轻手轻脚地下楼，进入我的地窖小屋，然后哭了出来。无论会有什么样的临时补救措施，比尔的时代现在已经结束。再见了，我的爱人，就像歌里唱的那样。现在的我形单影只，太让人悲伤。为什么这样的关系一定会分崩离析呢？为什么渴望和欲望，还有友好和善意，都要粉碎呢？为什么它们必须这样彻底地结束呢？

只要重复这些关键词就能让我哭得更厉害：爱人、形单影只、悲伤、结束。我是有意这么做的。终于哭完之后，我穿上睡衣，刷了牙，在脸上涂满了冷藏的诺泽玛面霜。然后我拿着一本《德伯家的苔丝》，上了床。星期一贝茜小姐就会讲到这部作品。这对我们所有人来说都会是前进一大步，所以我告诉自己要先下手为强。但事实上我知道自己无法入睡。我需要从我和比尔的争吵中转移注意力，否则我会在脑子里一遍又一遍地重演那场争吵，但我会把我们说过的话改成对我更有利的其他说法，并努力去琢磨我们实际说出来的话到底是什么意思，然后再哭一气。

我连翻带看没多久就发现，苔丝遇到了非常糟糕的麻烦——比我的麻烦糟糕得多。她人生中最重要的一次遭遇就发生在全书的第一部分。她被人占了便宜，在深夜的树林里，有个流氓要开车送她回家，而她愚蠢地答应了，从此之后，一切都急转直下，可怕的事情接连发生，萝卜、死去的婴儿、被她所爱的男人抛弃，以及结尾时她的惨死（我提前扫了一眼最后三章）。苔丝显然也是那种很容易听人摆布并因此而不幸的人，就像那位前公爵夫人，也像奥菲利娅——我们之前学过《哈姆雷特》。这些女孩都是相似的。她们太容易相信别人，她们发现自己落到了坏男人手里，她们没有反抗，她们随波逐流。她们太爱笑。她们太急于取悦别人。然后，她们都被干掉了，以这样或那样的方式。没有任何人帮助过她们。

为什么我们一定要研究这些不幸的、烦人的、愚蠢的女孩呢？我想不通。课纲中包含的书籍和诗歌是谁挑选的？它们对我们未来的人生有何作用？我们到底该从她们身上学到什么？也许比尔是对的。也许这一切就是在浪费时间。

楼上，我的父母正在安睡。他们对于注定失败的爱情、愤怒之下的言语以及无可挽回的分离一无所知。他们对生活的黑暗面一无所知，对那些在森林里被糟蹋的女孩，那些掉进小溪、唱着歌直到淹死的女孩，那些因为太想取悦别人而被抛弃的女孩一无所知。整个城市里的人都睡了，漂流在巨大的无意识的蓝色大海中。每个人都睡了，除了我。

除了我和贝茜小姐。贝茜小姐一定也是很晚才睡。我想象不出她会做出睡大觉这种松懈和毫无防备的事情。她的眼睛——不是带着嘲讽的眼睛，我现在意识到了，那是带着快乐的眼睛，一个童心未泯的成年人的眼睛，眼角泛起细纹，仿佛在尽力忍住脑子里浮现的一个笑话或一条古怪的格言——她的那双眼睛肯定从不会闭上。也许负责为我们挑选必读材料的就是她——她，还有一群像她一样的人，都有一定的年纪，穿着高档套装，翻领上佩戴的胸针都镶嵌着真正的宝石，都有学历。她们聚在一起，秘密开会，协商，然后为我们制定阅读书目。她们知道一些我们同样需要知道的事情，但这很复杂——它并不遵循某种脉络，和侦探小说里你把线索串起来之后看到的脉络不同。这些女人——这些老师——没有直接的方式把这些事情传达给我们，没有办法确保我们能够听到，因为这件事过于纠结，过于隐晦。它藏在那些故事中。

我看了一眼手表：凌晨三点。我太累了，眼前出现了重影，但同时我又非常清醒。我应该为比尔的事闷闷不乐才对——难道他不值得我付出更多的眼泪吗？但正相反，在我脑海深处那个光明的地方，是贝茜小姐的形象。她站在一片阳光下，她那枚琥珀和黄金做成的蜜蜂胸针正在闪闪发光。她穿着她最好的外套，一件带有洁白蝴蝶结的衬衫，还有一双无可挑剔的闪亮的鞋子。她看起来很遥远，但非常清晰，像一张照片。现在，她正带着轻柔的嘲讽对我微笑，并掀开了一幅帘幕，帘幕后是通往黑暗隧道的入口。无论我是否愿意，我都必须进入隧道——隧道是升学之路，而且在隧道的另一端，还有更长的路——然而这个入口就是贝茜小姐必须停住的地方。隧道里则是我应该学到的东西。

很快我就会成为往届生。我即将从贝茜小姐的世界中消失，她也将会从我的世界中消失。无论是从她的角度看待我，还是从我的角度看待她——我们两个人都会结束，完毕，成为对方的过去式。我现在的课桌前会坐着另一个年轻的学生，像我一样，被戳戳点点着，被无情逼迫着阅读书目规定的文本。一首诗的第一句非常重要，同学们，贝茜小姐会说，它定下了基调。我们继续。

与此同时，我会在黑暗的隧道里，我会继续下去，我会有所发现。我只能靠自己。

5

别 处

The Other Place

我漫无目的地游荡过很长一段时间。感觉像是很长时间。但感觉不像是漫无目的，至少不是无忧无虑的漫无目的：我一直在被命运和必然所驱使，就像我中学时读过的那些滥情小说里冲进暴风雨并出没于荒野的主人公。我必须保持移动，像他们一样。我停不下来。

我想象过自己用一根棍子挑着一个小小的行囊，在一条尘土飞扬或崎岖不平或冰雪覆盖的道路上艰难跋涉的场景，就像漫画里的流浪汉。但那过于光怪陆离。我应该更像个神秘的旅者，大步流星地往前走，如同一个征兆，进入每个新城镇，然后消失得无影无踪，任务完成。

现实中，我没有任务，也没有艰难跋涉或大步流星。我坐火车，或者坐飞机——这在当时是一种犒赏。

* * *

我欢迎每一次新的迁居，我欣然甚至是喜悦地打开我仅有的几件行李，然后便开始探索邻里、地区或城市，了解其中的门道；但过不了多久我就会开始想象，如果我永远留在那个地方，我会变成什么样子。在这里，我会是一个头发蓬乱的知识分子，面色苍白，没有幽默感，心理也不太健康；在那里，我会是一个知足的主妇，被关在一座房子做成的笼子里，但当她意识到那实际上是个笼子的时候，为时已晚。

什么为时已晚？出去为时已晚，离开为时已晚。然而与此同时，我又渴望安全感。在对待男人的问题上也是如此。曾经有可能的每一个人都很快变成了不可能。只要两把牙刷并排出现——不，甚至只要我一想到两把牙刷并排放在浴室台面上，变成一种深陷其中、停滞不前、软弱无力的伴侣关系之后——我就必须离开。我的书会被打包装进纸箱用大巴车运走，其中有一些会在途中遗失；我的衣服和毛巾——我确实有一条毛巾——则会被装进我的小铁皮箱。我打包的时候哼着歌。然而每次开始打包时，我都会有种背井离乡的感觉：与我的哼唱交织的，是我对自己即将离开但尚未离开的这个地方泪眼汪汪的怀念。

至于我真正的家，我长大的那个家，我很少想到它，或者说从来没有细想过。我隐约能感觉到父母对我的担心，但他们的担心让我反感。我过得不错。我自食其力。每隔一段时间，我的内心就会打开一扇窗，我会远远地瞥见父母微小的身影在匆匆忙忙地进行着他们日常的活动，仿佛一部倍速播放的电影：洗碗时的肥皂泡沫让两只手和餐具都模糊起来，整理花园时近乎疯狂地投入，开着喷气机一样轰鸣的汽车前往他们夏天度假的那些地方；然后在那儿洗碗，然后在那儿疯狂地整理花园，然后再回来，然后上床睡觉，然后在黎明时起床，如此循环往复。他们沉浸于世俗的事务中，并不思考任何更高层次的真相。他们让我产生了优越感。然后我就会想家。然后我会觉得自己像个孤儿，在寒夜中光着脚流浪，一边窥视着家庭生活的舒适场面，一边从后面的菜地里偷一两个土豆。我会用这些悲惨的情景折磨自己，然后再次匆忙地关上那扇窗。

我不是孤儿，我告诉自己；我距离成为孤儿还很远。我得更像个孤儿才行，这样我就可以吃对我有害的食物，熬夜，穿不雅观的衣服，和不适合我的同伴一起混，并且不必再担心这样的行为会让我想起源源不断的焦虑的评价。你为什么要住在这么个垃圾堆里？你平时都在干什么？你为什么和那个变态在一起？你为什么一事无成？你要多睡一点！你会毁掉你的健康！少穿黑色！

这些话我父母是绝对不会大声说出来的——他们没那么傻——但我相信思想的射线。这些射线从我父母的头颅中不停地发射，直接射向我的头颅。就像无线电波。我离开家越远，他们默默发过来的射线就越弱。所以我必须在我们之间拉开很大距离。

与我这种胸无大志的心愿相对应的是一种截然相反但更加可耻的心愿。二年级阅读材料中的一篇文章始终让我念念不忘，那个故事里有一个每天开车上班的父亲，一个穿着围裙做烘焙的母亲，还有两个小孩——一男一女——以及一只猫和一只狗，他们都住在一栋有褶皱窗帘的白房子里。虽然我住过的所有房子都没有这种窗帘，但它们似乎注定会出现。它们不是一个目标，不是我必须努力争取的东西：这些窗帘反正一定会出现在我的生活中，因为这是天意。如果没有这种窗帘以及与之搭配的一切，我的未来就不会完整——不，就不会正常。这个念头被我塞进行李箱的一角，像是一件应急的衣物：它不是我现在想穿的，但到了最糟糕的时候，我可以把它拿出来，抖开褶子，穿在身上。

我不会永远保持这种居无定所的状态。我会遇到某个人，然后在某个时候、某个地方安定下来。不是吗？

但是，如果我错过了某个转折点——错过了我自己的未来呢？错过太容易，让人胆寒。犹豫和离开太多次之后，我的选择就都用光了；我只能孤零零地站在那儿，就像农夫娶妻那首儿歌里的奶酪。*嗨吼，嘿吼，奶酪孤零零地站着*，他们以前唱过这首奶酪歌，每个人都会在头顶上拍手，取笑那个奶酪。

连我都曾经取笑过游戏中那块孤零零的奶酪。如今我为自己感到羞愧。为什么孤独——无论是独处时的孤独还是在人群中的孤独——会变成这样一种被人嘲笑的事情？但现实就是这样。孤独——孤独者——是不值得信任的。他们奇怪且变态。他们很可能是精神病患者，他们的冰箱里可能藏着几具被谋杀的尸体。他们谁都不爱，也没人爱他们。

在那些更加叛逆的瞬间，我问过自己，我为什么要在意被长期伴侣关系的挪亚方舟拒之门外呢——那里实际上是个被美化的动物园，栏杆上有锁，在固定的时段分发食物。我不会允许自己受到诱惑。我会保持距离。我会保持贫瘠和狼性，并绕过边缘地带。我会成为属于夜晚的生物，穿着竖起领子的风衣，在路灯之间踱步，对重要的问题进行严肃思考，我的鞋跟发出极为空洞的回声，面前投下一个长长的影子。

但我仍然被二十岁时读到的一首诗所困扰，那首诗是一位比我年纪大得多的知名诗人写的。诗中声称，所有知识女性的屁股上都有粉刺。这是个荒唐的结论，我知道；但我还是为之担心。我注定要拥有的褶皱窗帘和我注定要长粉刺的屁股并不相称。然而，到目前为止，两者都没有发生。

与此同时，我还要谋生。当初那个时候，你可以找份工作，干上一段时间然后辞掉，再去别的地方，找别的工作。当时劳动力短缺，或者说像我这种没有确切名称的劳动力短缺。我认为自己是个四处漂泊的脑力劳动者——相当于伊丽莎白时代云游四方的卖艺人，或者游吟诗人，我紧抱着我的大学文凭，仿佛它是一把廉价的鲁特琴。我感觉我的这种状态也会带来一些争议。在聚会上——比如我在不同的大学工作时的教职工聚会，以及我在其他行业磨炼技巧时待的公司的同事聚会——我捕捉到过教员的妻子们或公司职员的妻子们反复打量我的目光，好像我身上长了虱子。也许她们认为我对她们的丈夫有所企图，虽然其实她们并不需要担心我。

丈夫们则是另外一回事了。任何没戴婚戒的女人，无论穿得多么呆板，都可以免费让他们撩一撩试试口味。我怎么从来没想到过呢？但我没有，我没能及时溜掉，之后就会发生冲突，或许在我正帮忙整理的厨房里，或许在大衣堆积如山的卧室里，然后似乎每个人都会感到愤怒和受伤。丈夫们生气是因为我应该注意到他们偷偷摸摸试探的摸索才对，妻子们生气是因为是我勾引了丈夫们。至于我，我的震惊多于愤怒。这些矮胖或者酸腐的老男人怎么可能会让我觉得他们有任何魅力？（这种震惊源于年少无知。我后来克服了。）

这些态度和遭遇是我早年游荡岁月中的常态。但后来事情发生了变化。我刚开始游荡的时候，所有女性都想结婚，我的许多朋友已经结了婚。但是到了我游荡期的末尾——中间只有八年，毕竟不算太长——一股浪潮席卷而来，彻底变了天地。超短裙和喇叭裤曾经短暂流行，但立即被凉拖鞋和扎染T恤所取代。大胡子遍地开花，公社也开始萌芽，随处可见留着长直发、不戴胸罩的瘦女孩。性嫉妒就像用错了叉子，婚姻是个笑话，那些已经结婚的人发现他们曾经稳固的婚姻像是有缺陷的灰泥一样正在坍塌。你应该放任自流，积累经验，像一块滚石。

我不是一直在过这种生活吗？大胡子和大麻烟流行之前的很多年我就在这样生活了。但我觉得自己太老，或者有可能太持重，已经不适应爱珠[1]和瘾君子一族。他们缺乏庄重性。他们想要活在当下，但想像青蛙那样，而不是像狼。他们想坐在阳光里眨眼睛。但我是在全力以赴的时代长大的。放松让我感到无聊。我认为我应该在这个世界上闯出自己的路，无论它通向哪里。我想我应该有所成就——像太多事情一样，对我来说，这个成就是去别处。

那段时间我住过寄宿公寓、合租公寓和出租屋。我没有自己的家具，那会拖累我。每到一个新地方，我都从旧货店买些临时的家具，离开时再把它们卖掉。我没有餐具。偶尔我也会纵容自己买一件装饰品——一个俗气的彩色花瓶，一件跳蚤市场的古董。我买过一只木雕的手，那只手里举着一个类似圣杯的东西，上面有皮特凯恩岛纪念的字样。我斥巨资买过一个二十世纪三十年代的缺少瓶塞的香水瓶。

我选择的物件都是能装东西的，但我没往里面装东西。它们一直是空的。它们都是具有象征意义的小神龛，供奉着饥

1　love beads，嬉皮士一族的传统装饰，由一条或多条串珠链组成。

渴。我知道它们是毫无价值的杂货，但每次我重新收拾行李时，它们都会被放进我的铁皮箱。

有一年，我在一所大学找到了一份工作，给大一新生教语法，这意味着我能够负担得起一套完全属于我的真正的公寓。工作的地点在温哥华；那套公寓是房东在他们的平房上专为出租而扩建的顶层。公寓还附有一个楼梯间，陡峭而简陋，铺着橡胶地垫，但是没有扶手或窗户，让楼梯间更像个垂直的隧道，而非楼梯间。公寓里甚至还有几件家具，都是楼下房东家里已经不需要的。比如有一张床，上面铺着亮绿色的丝光缎床罩，床罩的款式在二十世纪二十年代前甚至更早一定会被视为华丽无比。还有一个梳妆台，风格可能是三十年代的。还有一面巨大的镶着金色边框的镜子。公寓随附的所有家具都在卧室，让那里看上去像一处老电影的片场或多年前某一本凶杀悬疑小说的平装版封面。缎面床罩是那类小说的特征之一。女尸会出现在褶皱得颇有艺术感的缎面上，仿佛豪华包装盒中一大块肉体做的糖果。金色边框的镜子里会映出一个男人的身影——但只能看到一部分，他转过身，正在逃离犯罪现场。

这套公寓有一间客厅，一隅有个用餐区，此外还有一个房间，我在里面放了从二手店买来的一张桌子、一把椅子和一台打字机。在客厅里，我摆了一张借来的扑克牌桌，有客人的时候当餐桌使用。在这些场合待客的时候我会用盘子和餐具——

都是借来的。

我有一幅画，是从一个朋友的朋友那里买的，因为那个人需要二十五美元。画是抽象风格的，上面呈现出一些红色的斑点和划痕。我多喝了几杯之后就能看到其中的深意，但如果不依靠这种辅助手段，那幅画看起来就像是因为漏水而湿了一片的墙皮。我把它挂在不能用的壁炉上方。

在这间公寓里，我终于摆脱了室友们的目光，也远离了我父母发射出的思想射线，我在最为极致的出入、是非、去留、高低、孤独与共处、快乐与绝望之间循环往复。前一天，我还在云端飞翔，沉醉于模糊的可能性；后一天，我就仿佛被烂泥埋到脖颈，深陷于此时此刻醉意正浓的前景。我一丝不挂地在各个房间里穿行；我阅读到深夜，然后一直睡到正午，在闪着光的绿色缎面床罩的包围中醒来，不知自己身在何处。我自言自语；我大声唱着很久以前在学校操场上学会的那些愚蠢的、充满挑衅的歌曲。“嗨吼，嘿吼，”我唱道，“奶酪孤零零地站着！试了试别处，试了试别处，昨晚试了试别处……海底有一个洞，海底有一个洞……我不关心任何人，不，不是我，也没有人关心我！”或者，我会发现自己不想说话，不想唱歌，甚至不想动，只是脸朝下趴在铺满地毯的走廊上，透过地毯，我忍不住听到楼下住家的电视中传出的讥讽笑声。如果我只是因为没能力爬到冰箱那里给自己找点东西吃而饿死在这儿，饿死在这块地毯上怎么办？那么电视上那些兴致勃勃地咆哮的人就会后悔了。

很多个傍晚，如果我没有在欢快地唠叨或者匍匐在地上，我就出门长时间地散步，思绪重重。我踌躇满志地出发，大步向前，仿佛有目的地一样。我能意识到拥有这套公寓的房东夫妇正透过楼下的窗户观察我——他理着平头，推着割草机，她穿着围裙，戴着发卷。虽然我的衣着已经尽量单调本分，不是深棕色和灰色，就是不成形的黑色，但直到我证明我有月薪之前，他们还是不太放心把公寓租给我。他们认为我在某些方面很堕落，并为此感到兴奋，至少我是这么感觉。在那段时间里，我确实有过一两个情人——临时的情人，只是借来的——他们肯定偶尔也听到过不止一个人上楼的脚步声。

但傍晚散步时，我是一个人。我是特意这样做的。一离开楼下夫妇的视线，我就会放慢脚步，随机选择转弯的路口，并尽量避免踩上那些一到黄昏就爬满人行道的鼻涕虫，它们很大只，呈黑灰色。这些鼻涕虫什么都吃，但没有动物吃它们。外表不吸引人有好处。

但我并不缺乏社交资源。我没干过在公共场合脱掉衣服唱歌那种事：我表现得很得体。微笑，点头，交谈，诸如此类。我可以很好地模仿一个精明强干的年轻女性。在这种四海为家的人生中，我也会结交一定数量的朋友和熟人，男女都有。他们会来我家吃饭，围坐在我的扑克牌桌边，喝着当地出品的一款葡萄酒，每次我着手清理桌面，葡萄的酒液都会把洗碗布染红。我学会了如何制作意大利千层面这种物美价廉的佳肴。我还会做一种被称为“小零件”的食物，是把几种早餐拌牛奶食用的干麦片加上花生和辣酱油混合后在烤箱中烤制而成。它是开胃小吃，不是甜点。我当时尚未开始烘焙，所以甜点是在路口的商店买的冰激凌，里面含有太多海藻的成分，所以融化之后它并没有变成奶油，而是变成了一块块不容易走形的胶状物，很难从下水道冲走。

经常突然出现并在我家吃晚餐的常客里有一个叫作欧文的男人。我跟他并不太熟。他会不提前打招呼就直接过来按门铃——我确实有个门铃——而我就会走下陡峭的楼梯，开门让他进来。我会招待他一些吃剩的千层面——如果有的话，或者一些“小零件”。然后他就会坐很久，一言不发，我们两人看着美国西北部漫长而缠绵的夏日夕阳，看着天色从桃红变成粉红，再变成暗粉，直到变成如同刚刚吹灭的火柴头一样的发着暗光的红。

欧文不是我的情人，甚至连备选情人都算不上，完全不是那样的。他和我一样，只是临时在这个城市落脚，是一个好心帮倒忙的共同的熟人非要把他介绍给我。（我现在觉得，因为他担心欧文的心理状态。）欧文很孤独，我能看得出——比我自己经历过的任何时候都孤独得多。他身上有一种我无法解释的悲怆感：黄昏时分坐在我的牌桌旁边，就是他与其他人距离最近的时候。

为什么他一直过来？他的出现是个谜。他肯定不是为了求欢。他也不想要友谊。他没有向我索取任何东西，但他似乎也什么都没有提供。如果我能拥有一种更触目惊心的想象力——或者如果我触目惊心的想象力能够与现实世界的任何事物产生关联——我可能会害怕他。我可能会把他想成一个有可能杀人的凶手。但我从未产生过那种关联。

尽管这些夜晚是全然虚度的，但你很难让欧文离开。他会一直坐着，几乎一动不动，保持静止，像是一捆布，虽然那捆布上面有个脑袋，而且还是活的，因为眼睛在转。就好像他在某次可怕的事故中全身瘫痪，但没有留下任何外在的伤痕。他的沉默比可能发生的任何对话都更令人疲惫。

我不想说“我累了，我现在要去睡觉了”。那样似乎很不礼貌。他无法理解微妙的暗示，但他不是那种让我直言不讳的人。我不能直接说“回家吧”，就像对一只狗那样。不知为什么，那让人感觉残忍。（而且，他的家在哪儿？他真的有这么个去处吗？）最终，当他心中的某个计时器响起时，他就会站起来，尴尬地感谢我的千层面，然后匆匆下楼。

终于，有一天晚上他告诉我，他的三个哥哥在他们还很小的时候曾经想要杀死他。他们跟他说是玩游戏，把他关在一个废弃的冰柜里之后就跑掉了。幸好他们的母亲注意到他不见了，并及时找到了他，把他救了出来，当时他已经因为喘不上气而脸色发青。他说，或许他的哥哥们并没想要杀死他，他们当时一定不知道他们在干什么。

欧文用平静的语气讲述了这段经历，他没有看我，而是看着窗外逐渐暗淡的红色夕阳。我彻底被惊呆了，一时间竟然想不出该说些什么。难怪他变成了这个样子，我想：这件事对一个人的人生会有什么样的影响？在很小的年纪就发现自己所处的世界呈现出如此大的敌意，肯定会让人沮丧；不仅是沮丧，还是致命的打击。欧文会不会一直徘徊在自杀的边缘？他对此什么都没说，但人们总是不会说出来，至少我听说的是这样。

我感觉我应该态度明确地回应，应该表明一种坚定立场，并伸出援手。我最终喃喃的那句“太可怕了”似乎远远不够。更糟的是，我竟然可耻地有一种想要大笑的冲动，因为这件事太荒诞了，所有近乎酿成悲剧的事情通常都是这么荒诞。我肯定缺乏同理心，甚至缺乏基本的善良。

欧文一定也感觉到了这一点，因为那天晚上之后，他再也没来过。也可能他终于做了他想做的事：放下他的痛苦，把它像包袱一样丢给我，误以为我会知道如何处理。

一个小孩被其他人闷死，或几乎闷死——他们认为整件事不过是游戏——这个画面与夜晚鬼鬼祟祟地出现的鼻涕虫、我孤单的踱步和歌唱，还有那座独立而幽闭的楼梯间、那幅毫无魅力的抽象画、那面金色镶边的镜子和那条滑腻的绿色缎面床罩融为一体，难解难分。这个组合并不让人振奋。作为一种记忆，它更像雾蒙蒙的水岸，而非阳光下的草坪。

但我认为那个时期是我人生中的一段快乐时光。

快乐是个错误的词。应该是重要。

那些都是很久以前的事了。我从自己当下的处境，放任自己回头看。不然我还能怎么看呢？无论我们如何努力，都无法真正回到过去。就算能，也是作为游客。

我搬出了那座城市，然后搬进另一座城市，然后再搬到下一座城市。未来还有很多次迁居在等着我。然而，事情最终还是尘埃落定。我遇到了蒂格，然后有了猫、狗和孩子们，有了烘焙，我甚至还拥有了带褶皱的白色窗帘，虽然最终这些窗帘还是逐渐消失了：我发现它们很快就脏了，而且很难拿下来，也很难装上去。

我没有变成我所惧怕的任何样子。我屁股上没有长出让我如临大敌的粉刺，我也没有变成被抛弃的流浪孤儿。到现在，我已经在同一座房子里住了几十年。

但我梦中的自己拒绝接受安慰。它继续游荡，漫无目的，无家可归，形单影只。属于我醒来后的人生的任何证据都没有让它相信它安全了。我知道这一点是因为我继续做着同样的梦，一遍又一遍。

我在别处，一个我非常熟悉的别处，尽管在这个梦之外，我从未在那里居住过，甚至从未亲眼见过。细节各不相同——

有许多不同的房间，大多数房间几乎没有家具，有些只有粗地板——但总是会有很久前那座公寓里陡峭、狭窄的楼梯间。在那个空间的某处，当我打开一扇又一扇门，走过一条又一条走廊时——我知道我会看到那面金色镶边的镜子，还有绿色的缎面床罩，那个床罩已经有了自己的生命，能够变形成为坐垫、沙发，或扶手椅，甚至——又一次——变成了一张吊床。

在这个别处，永远是黄昏时分；永远是凉爽潮湿的夏季傍晚。我在梦中想，这就是我要生活下去的地方。我只能靠自己，永远。我已经错过了本该属于我的生活。我已经把自己与之隔绝。我不爱任何人。在某个地方，在某个我还没有进入的房间，关着一个小孩。她没有哭泣或哀号，她完全沉默，但我能感觉到她就在那里。

然后我醒来，重新追寻梦中走过的路，并试图摆脱她留给我的悲伤感觉。我对自己说，哦，是的，别处，又来了。这一次，里面有相当大的空间。她并不那么悲伤了。

我知道那个绿色的床罩其实不是床罩，我知道它是我自己的某些方面，一些陈旧的不安全感或恐惧。我知道梦中那个看不见的孩子并不是我那位几乎被谋杀的熟人，而只是一个精神碎片，是我自己古老的婴儿期的碎片。这种属于白天的知识非常好。不过，我为什么一直做这个梦呢？也许它曾经有过某种意义，但我如今早该跟它了断了。

然后我起床，问蒂格睡得怎么样，我们一起吃烤面包，喝咖啡，然后去完成许多必须完成的平凡而实际的事情。

不过，这个梦让我害怕。它带来了一种模糊的担忧。如果这个别处不在过去呢？如果它最终仍然会出现在未来呢？

6

大富翁*

Monopoly

* Monopoly，大富翁，又可译作“强手棋”，一种多人参与的模拟经营类游戏。

内尔和蒂格逃到了乡下。或者像内尔后来说的那样，是蒂格逃到了乡下，不久之后，内尔也去那里找他了。这并不是必然会发生的事情。结局有可能不同。内尔对于去或不去一直犹豫不决。她已经预见到了困难。她有其他选择。那是她的说法，是她随着时间的推移和地位的稳固越来越坚信的说法。

实际上她并没有预见到任何困难。她一直在梦游。她坠入了爱河，她认为这是一种仿佛将头脑中原本应该具备的任何预见能力甚至普通常识都抹了个干净的状态。搬到乡下，和蒂格在一起，就像是从飞机上跳下来，相信降落伞会打开。而那样做肯定是正确的，因为最后内尔没有躺在地面上被摔得粉身碎骨。而且无论如何，过了这么多年，他们还在，他们两个人都还在。过了一定的时间之后你可以回望，可以一笑置之，她会这样说。

那是她的另一种说法，她的第二种说法；它与第一种说法交替出现，就像双片连映[1]的老电影。

此外，确切地说，蒂格并不是逃过去的。他是慢慢移动过去的。那是一种缓慢如定格般的移动，就像一个孤独的中国人在草坪上打太极拳。（内尔会说）就像任何一个银行劫匪都会告诉你的，最好的逃跑方式就是不要跑；只需要走，只需要漫步；最好能同时表现出既放松又目标坚定。那样就没人会注意到你在逃跑。此外，不要携带很多个沉重的行李箱，或塞满现金的帆布袋，或装着尸体碎块的双肩包。除了口袋里的东西之外，把其他东西都留下。尽量轻装最好。

蒂格租了一个农场，或者说是以前的农场，租金并不高。房东根本不是农民，他是个商人——不清楚是做什么生意的——他还没决定要不要把这个地方改建成周末度假屋，供他和比他年轻得多的未婚妻享用；还是搬到墨西哥去？他只是希望房子有人住，这样当地的小混混就不会闯进去把房子里搞得乱七八糟，这条街上有好几座没人住的房子都有过这种遭遇。他不希望某个星期六他带着房地产经纪人前来，准备对房产进行评估的时候，看到的是窗户上用瓶装芥末酱里挤出的“去你的”，墙上涂着人拉的粪便，四处散落着蟑螂的残肢，还有宽

1　二十世纪三十年代到五十年代好莱坞盛行的一种电影播放方式，即同一电影场次先后播放高成本和低成本的电影各一部，票价仍是看一部电影的价格。

条松木地板上被烤出来的一个洞。这就是房东给蒂格的说法。

那个商人已经把绝大部分土地卖掉了。只剩下二十英亩[1]——有一些农田，还有一块林地。农田已经有一段时间无人耕种，地里生长着野胡萝卜花、播种蓟、牛蒡和各种树苗——有山楂、土洋李和野苹果——遍地都是。

这片地包括一栋房子，还有倚着房子后墙搭出来的一个披棚，此外还有一座有着硕大的房梁、风化的木板和铁皮屋顶的巨大的谷仓。那栋房子坐落在小山上，俯瞰着商人挖的池塘。马路对面是一排巨大的水力发电塔，绵延着横贯整个地平线。你可以认为它破坏了风景，也可以把它纳入风景，内尔对蒂格说，这取决于你对超现实主义的感觉。

那栋房子是一座两层红砖农舍，有一个“人”字形山墙屋顶——《祖传的屋顶》[2]那本书里说，这是本省十九世纪晚期标准配置的建筑形式——这本书是内尔第一次和蒂格一起过冬时买下并经常查阅的，当时的她仍然认为农场生活代表着某种更优越的真实性。原来在房子大门左侧是个客厅，右侧是厨房和储藏间，此外还有一个后客厅与厨房相连，但那个商人拆掉了一些墙——他说是为了改善采光。他安装了一个内嵌式餐台，把房子内部所有的墙刷成了白色，并着手清除窗框和踢脚线上

1 1英亩约为4046.86平方米，20英亩约为80937.2平方米。

2 《祖传的屋顶》（*The Ancestral Roof: Domestic Architecture of Upper Canada*），1963年出版，作者为玛丽昂·麦克雷（Marion MacRae）。

斑驳的绿色搪瓷，但他只清理完了一扇窗户。

在进行更为大张旗鼓的室内装修时，他从谷仓的主梁上切掉了一截，导致谷仓的墙壁向外倾斜——迟早整座谷仓会倒塌——并把切下的那一截谷仓的主梁作为壁炉架，嵌入了狭窄且无法使用的壁炉的上方。

房子中间有楼梯通往二楼。楼梯是木质的，涂成石蓝色，没有铺地毯。在需要使用洗脸盆、铁皮澡盆和户外厕所的年代，二楼原本有四间小卧室，但现在其中一间变成了一个通风良好的浴室。

剩下的三间卧室中，有一间是蒂格的，里面只有一个床垫放在地板上。第二间预留给了内尔，作为办公室或书房用——她还需要一张书桌来把她正在进行校对的稿纸摊开来。书桌是用一扇旧门板横搭在两个文件柜上做成的，文件柜正好给了她不少空间放东西。他们在披棚里找到了这扇门，并拆掉了把手，文件柜则是从城里的车库拍卖会上买来的二手货，所以书桌几乎没花钱。这很好，因为内尔挣钱不多，而在蒂格最多算是断断续续的零星收入里，绝大部分都花在别处了。

除了书桌之外，办公室或书房里还有一张多余的床，一张也可以称为沙发床或两用沙发的单人床。床的中间已经凹陷，上面覆盖着破旧的栗色天鹅绒，散发着湿漉漉的灰尘味，内尔发誓会尽快把它处理掉，或者至少把它遮起来。尽快是什么时候？当她最终搬进农舍和蒂格住在一起的时候吧。尽管每次她想到这件事，她都会把当改为如果。

第三间卧室里有两张双层床：这是为孩子们以及他们来做客的小朋友们准备的。那些是蒂格的孩子。正是为了他们，他才会如此缓慢地逃跑，什么都没带，而且他的钱大部分都花在了他们身上。

他要逃的是他的婚姻。他必须摆脱这段婚姻，不然它会把他拽下去，吸干他的血，将他彻底开膛破肚。所有这些比喻——让内尔联想到巨大的乌贼、吸血蝙蝠、鱼的加工过程——都是蒂格说的。他谈论他的婚姻的方式很晦涩，而且无论如何他都不常谈。他从没有说过我妻子，也没有提到过妻子的名字，因为说起来并不是他的妻子要拖垮他，并不是乌娜凭借一己之力完成了拖拽、吸吮和开膛破肚的过程，是他们两人一起造成的；是被内尔想象成一个巨大多刺的赘生物的婚姻造成的——它是一簇密集的、深绿色的灌木或树丛，与一个暴雨云状的肿瘤杂交而来，具有瓷砖水泥般的黏着性和一些触角，像一大团堆成球状的水蛭。

内尔感觉自己被这桩婚姻吓到了，与之相比，她渺小而幼稚。它有某种超常的体量和磷光闪闪的壮丽，仿佛一条在海滩上腐烂的鲸。那让她显得苍白，至少在她自己看来——苍白、陈腐、淡而无味。她完全提供不了那么多充满戏剧性的阴暗血腥的惊险故事。

蒂格的孩子们周末来到农场，睡在双层床上，有时候带朋友一起来，有时候不带。两个孩子都是男孩——两个金色头发、看起来像天使一样的男孩，分别是十一岁和十三岁。蒂格给他们拍了照片，并在暗房里亲手把照片冲洗出来——这个暗房是他在农舍地窖的泥土地面上用帘子围出一个角落搭出来的——然后拿给内尔看：十月，在谷仓里玩耍，在农耕留下的一堆堆发霉的干草堆上跳来跳去的孩子们；十二月初，在半冻的池塘边，用戴着手套的手握着石头准备把石头扔到冰上的孩子们；一月，在严寒中裹得严严实实，团着雪球，对着镜头笑的孩子们。内尔觉得他们看上去非常快乐。

有时，乌娜与蒂格和孩子们一起开车前往农场。她和他们一起吃周六的晚餐，和孩子们一起去检查谷仓，看着他们滑冰，并睡在内尔办公室里那张发霉的单人床上。蒂格说，这种安排的目的是让孩子们有安全感：他们需要知道，尽管婚姻中有荆棘和水蛭，但他们的父母都非常爱他们。这样的日子内尔不在农场，每到周末她都不能出现在农场，就算乌娜没来也不行。（蒂格说）内尔的出现对孩子们不好，甚至从长远来看对内尔本人也不好，因为那样可能会让孩子们认为是内尔摧毁了这段婚姻。

当然，并不是她摧毁的，蒂格说：在她跌跌撞撞地出现之前很久，他们的婚姻已经在酝酿着毁灭。蒂格和乌娜的所有朋友都知道，他们已经知道很多年了，而且，蒂格说，他们很佩服蒂格和乌娜为了让生活看起来继续如常而采取的解决问题的方式。他还说，有一天晚上两人大吵一架之后他太生气了，于是把他们拥有的每一件玻璃器皿和陶瓷器皿都冲着墙壁扔了过去，留下的一地碎片用来第二天早上与乌娜对峙。这种姿态让内尔印象深刻。她本人从来就不擅长随性地撒气。把所有的碗碟扔到墙上是一种很不错的公然表态，比她自己会采取的冷着脸一言不发、郁郁寡欢、无法释怀，以及充满怨恨、闷头生气要好得多。

但蒂格和乌娜都很注意不当着孩子们的面吵架，蒂格说。他们对外有一种礼貌的默契，或者说是非常有教养；他们公开称呼对方为“亲爱的”，星期天会准备有烤肉的正式晚餐——内尔目睹过。因此孩子们需要一些时间来注意到蒂格独自在乡下生活，而乌娜独自在城里生活这个事实，然后内尔才能走出她一直在候场的昏暗侧幕，安全地登上舞台。

所以，那个冬天的前半段，内尔像个逃犯一样偷偷摸摸。她不在的时候，没有在房子里留下任何痕迹——楼梯口黑暗的小柜子里没有她的衣服，浴室里空间有限的置物架上没有她的牙刷，拼凑起来的书桌上没有课本或者讲义或者需要校对的稿件。她离开后蒂格是不是把整座房子又检查了一遍，把她的指纹从门把手上擦掉？她觉得他会。

每周四和周五，她要在大学兼职教课，临时帮一位休假的朋友代班。她给大二本科生讲维多利亚时代的小说：勃朗特三姐妹，接着是狄更斯、艾略特和萨克雷，然后是令人沮丧的现实主义作家，比如乔治·吉辛和托马斯·哈代，最后用奥斯卡·王尔德的《道林·格雷的画像》和亨利·詹姆斯的《螺丝在拧紧》这些颓废的作品收尾。她以前没教过这门课，所以她必须努力地阅读才能超过学生们。理论上说，她的周一、周二和周三是用来做兼职编辑工作的，过去几年这一直是她断断续续的主要工作。读小说和编辑都是她在农场也能做的事情。在不用上课的工作日，她会坐灰狗巴士到距离农场最近的小镇斯蒂尔斯，然后坐在车站墙边的一把硬木长椅上等待，仿佛坐在溜冰场的更衣室。她呼吸着弥漫在寒冷空气中的燃油和烟草的气味。她会吃点薯条，喝点酸味十足的黑咖啡，阅读一些关于爱情、金钱、疯狂、家具、家庭教师、通奸、窗帘、风景和死亡的文章，直到蒂格开着他那辆生锈的蓝色雪佛兰来接她。

或者在周一早晨，蒂格把孩子们送回城里之后，她会和他一起开车回农场——他出发很早，因为孩子们要在九点前到学校。内尔和蒂格能够赶得上回农场吃午饭，不过坐车并不会让内尔觉得饿。相反，她感到头晕目眩，有点不舒服，就像她以前每次考试前的状态。是期盼，是被考验和评判以及担心失败的感觉。但她有可能在什么地方失败呢?

车里会很暖和，会有苹果核的气味：男孩们在回城途中经常在车里吃苹果。蒂格和内尔会拉着手，行驶在更加孤独却少了些冰冷的前路上。他们不聊天，而是会听广播。从城里开出来一段路程之后，广播里就主要是乡村和西部音乐了。内尔喜欢表达渴望的歌曲，蒂格喜欢表达遗憾的歌曲。

农场坐落在一条砂土路上，离主路有几英里远。冬天，农舍看起来就像一幅画——屋顶上的积雪，屋檐上垂下的冰凌，背后绵延的白色山丘和阴郁的树林——但内尔绝不会允许这样的一幅画出现在她的圣诞卡上。它在现实中很美，但作为艺术则过于夸张，就像日落一样。

在漫长、蜿蜒、冰雪覆盖的车道低处，车轮会开始空转，车身会左右摆动。蒂格可能会尝试着爬几次坡，但他知道什么时候该停：重点是不要让车子滑进那个景观池塘。如果他们借助蒂格放在后备厢里的沙袋和铲子，也没办法继续爬上坡的话，他们就会把车留在低处，沿着车道两侧的雪堆艰难地走路上去，他们呼出白色的哈气，流着鼻涕。他们从披棚里的后门进入农舍，跺掉脚上的雪，脱掉靴子和厚厚的外套，摘掉手套和围巾，对于紧随其后的浪漫缠绵的时刻，这绝非最好的前奏。

他们会在蒂格冰冷的卧室里脱掉另外几件衣服——《祖传的屋顶》中的那类房屋都没有隔热层，内尔读到过——然后他们会在蒂格的羽绒被下、在蒂格的破床单之间瑟瑟发抖，紧守着彼此不顾一切地拥抱，这种拥抱让内尔想起维多利亚时代的小说作家对于溺水的描述。那些小说里经常有人溺水，尤其是那些婚外乱性的人。

在那之后，是一段陶醉在温暖和慵懒中的间歇，紧接着——对内尔来说——是难以置信：她在这里，在这个处境里干什么？这到底是一种什么样的处境？她自认自己是个喜欢把事情办得清楚、直接、光明正大的人，那么她是怎么跟如此含混不清而且还这么肮脏的情况搅在一起的呢？因为如果你客观地看待这件事，比如说，从某个给八卦小报写文章的人的角度来看，蒂格和内尔应该被人发现在暴风雪中，因为一氧化碳中毒而双双死于车内才对吧？抛家弃子的丈夫与任职编辑的小情人在乡间爱巢附近尾气中毒身亡。虽然之前从未发生过这种事情，也不太可能发生——他们俩都没蠢到困在车里时还开着引擎——但仅仅想到这些就足够可耻了。

内尔最擅长自我批评，所以她绝对不会轻易放过自己，而且无论如何她都是个成年人——这是她的选择，这是她的行为——尽管如此，一个难以接受的事实是，从某种程度上来说整件事都是乌娜造成的。乌娜是关键因素。乌娜建立起关系，乌娜推动它向前发展，乌娜在一些事后被证明为非常关键的时刻的时候故意缺席，就像莎士比亚戏剧中那些阴险的女仆角色。为什么？因为内尔符合乌娜的目的。但内尔自己当时并没有识破那些目的。

起初出双入对的并不是内尔和蒂格，而是乌娜和内尔。她们一开始关系就不错。乌娜可以非常讨人喜欢，只要她想这样：她能让你觉得你是她最好的朋友，是这个世界上唯一真正能够让她依靠的人。这一点非常能打动内尔，因为内尔理想中的自己一度就包含这种可靠性。她年轻过，比现在年轻，也比乌娜年轻。

那时，内尔是乌娜的编辑。她当时已经在做兼职，穿梭在人手短缺的出版社之间找事做。她为自己开发了一个中等规模的利基市场[1]——她有一些为人所称赞的优点，比如能在尚未达到出版要求的原稿上创造奇迹，按时交稿，收费不高，以及当喝醉酒的作者半夜给她打电话的时候，她能够老练地处理，给予对方鼓励，并且用某种喃喃低语让对方感觉得到了理解。她主要从事小说的编辑。她接手乌娜的书是因为答应了一个出版人哥们儿——实际上是一个旧情人——提出的条件：如果她能为乌娜编辑这本他并不看好的书，他会给她丰厚的回报。

可乌娜的书又是出版商想要的那种类型，因为它有可能赚到钱。乌娜的日常工作是一家小型杂志社的办公室经理，她在业余时间写了一本题为《女魔法师》的超级女性自助手册，讲述如何在兼顾事业和家庭的同时，还能抽出时间坚持美容和改建住房。这是一个当时刚刚流行起来的土题，而且出版方很着急：必须赶在这波风潮退去之前把书出版。他们指望内尔——她的那个哥们儿说——用比平时快一倍的时间把书稿打造出个样子来。

1　指在较大的细分市场中具有相似兴趣或需求的一小群顾客所占有的市场空间。

内尔花了很多时间和乌娜一起重新构筑章节，组织段落，并建议她补充新的细节与增减内容。她惊讶地发现，虽然乌娜外表看起来爽朗、整洁、笑容满面——但她的头脑就像个装袜子的抽屉，里面塞满了很多完全不同、杂七杂八的东西。

编辑过程临近结束时，那份原稿实际上已经完全变成了另一本书，当然也是更好的一本，乌娜说过，她为之感激不尽。她在书中致谢的部分表达了这种感激之情，之后她赠书给内尔时，又在扉页上再次亲笔表达了一遍。*致极为宝贵的内尔，改写女王——我背后的力量。爱你的乌娜。*内尔很开心，因为她相当钦佩乌娜，并把她敬为一个已经把人生想清楚的女性前辈，不像她自己。

这本书大获成功，至少在当时被视为成功。乌娜不仅被报纸和电台轮番采访，还出现在当时那些女性早间聊天电视节目上。后来短期内她还有了一定名气。在乌娜忙于和内尔一起编辑书稿以及随后的出版及其后续事务时，内尔看到的蒂格只是个模糊的形象，是背景中的一个影子。当时内尔对蒂格完全不了解，对婚姻中潜藏的恐怖也一无所知，她远在对他们之间这种礼貌默契知根知底的朋友圈之外。

在公开场合，乌娜对蒂格只有赞美之词。他一直都非常支持她的事业，她说。他买菜做饭，乌娜有事脱不开身的时候，他还会留在家里照顾孩子们，此外他还要完成在广播电台担任纪录片和访谈节目制作人的本职工作。与新闻头条中出现的那些因为嫉妒而用铁棍把妻子打死或把她们淹死在浴缸里的恶魔不同，他完全赞成她拥有自己的生活。

他们两个人为杂志文章拍摄过彩页照片。他们假装正在一起做饭——甚至可能连假装都算不上。乌娜气质高雅，穿着宽松的长袍，脖子上戴着一条未切割的琥珀串成的项链，身材高大的蒂格穿着马甲和衬衫，有种粗犷的随意。那是一本女性杂志，所以主要拍的是在厨房里的照片。他们两人之间有一只生火鸡，火鸡周围的胡萝卜、土豆和芹菜秆摆得很有艺术感。他们是一对很上镜的夫妇，内尔向往地想：当时的他们代表着她自己的生活中缺乏的那种稳定性。她最近才发现，她其实是一个比曾经设想中的自己更为传统的人。

然后乌娜想再写一本书，作为第一本书的续集。实际上，她想让内尔来写：她，乌娜，会把她的想法用录音机录下来，而内尔可以做一些有用且必要的工作，把这些想法转化为文字。这本书的书名是《女魔法师的魔法盒》——内尔也认同这个书名很不错，哪怕听起来有点像奇幻冒险类的儿童书。麻烦在于，乌娜似乎并不确定她想在盒子里装什么。有时候，这本书听起来像一本回忆录，有时候又像一本自己动手做的实用手册——如何去除家具上的白水渍印，如何处理地毯上的墨点——但其他时候，它又像一篇宣言。当然，它可以同时具有这三种特征，内尔说，有办法可以做到；但乌娜必须对目标和意图做出一些初步决定。乌娜这时犹豫了。内尔不能代劳吗?

乌娜太忙了。

在这种——怎么形容呢？小冲突？恳求？商谈？——时候，乌娜向内尔倾诉了一些心事。（内尔以为自己得到了偏爱才会听到这么隐秘的事情，乌娜会用降低声音的方式来暗示私密性，但她很快发现情况并非如此。乌娜的秘密是公开的秘密，她的倾诉就像一种经常重复的仪式。）乌娜说，她与蒂格的婚姻已经不再是真正的婚姻。他们两个人分房睡已经很多年了。他们是为了孩子们才继续住在一起，在这方面蒂格做得很好。关于乔叟[1]在《巴斯妇的故事》[2]里形容的“其他伴侣”，两人有个君子协定。乌娜云淡风轻地抛出了这个典故，不够成熟的人可能还会多说几句，也许是为了炫耀，但乌娜精于世故得多。

内尔想起乌娜时，脑海中浮现的就是精于世故这个词。乌娜拥有真正的家具，是带着祖传之宝气质的维多利亚风格与简约的现代主义风格混搭而成；她的墙上挂着镶有画框的原版图画。她有一些签过名并且有编号的版画。内尔并不渴望自己能达到这种水平：她的一居室公寓里有一张桌子和两把椅子——其中一把其实就是个便宜的豆袋靠垫——一个松垮的灯芯绒面沙发，四个书柜里放着她积累的书籍，还有一张弹簧吱吱作响的单人床——这一切都来自救世军二手店和慈善商店——还有

1　杰弗里·乔叟（Geoffrey Chaucer，1340或1343—1400），英国中世纪作家，代表作《坎特伯雷故事集》。

2 《坎特伯雷故事集》里一篇著名的故事。

几张海报，用大头针钉在墙上。她在攒钱，尽管她也不确定为什么而攒钱。她最多也就是把桌子漆成橙色，在沙发上加了两个靠枕，但她觉得没必要花更多的钱，因为这套公寓与她之前住过的很多公寓和房间一样，只是个临时落脚的地方。她告诉朋友们，她还没有准备好安顿下来。

这是一种说法。另一种说法是，她还没有找到能与之一起安顿下来的人。她的人生中有过几个男人，但都没什么说服力。他们有点像她的桌子——很快到了手，发挥了一点光亮，但只是暂时的。可是，用这种东西的时间已经不多了。她厌倦了租房。

聊完分房睡和君子协定之后，内尔回到她的一居室，出于好奇拿出大学版乔叟文集，坐在她的萨利安牌桌子前，查阅着《巴斯妇的故事》。严格说来，巴斯妇完全不是个通奸者，而乌娜却是；“其他伴侣”的本义是巴斯妇在婚前而非婚姻中染指过的男人们。但这一点存在争论。无论如何，现在没有人再使用通奸这个词了；这不是一个很酷的词，说出来是一种社交上的失礼。这个词在1968年前后被废止；二年后的今天，长期的婚姻关系仍然在没有显著原因的情况下破裂，有着体面工作的中年男人仍然在周末吸食毒品，戴着木制的爱珠，和年龄只有他们一半的女孩们上床，曾经心满意足的家庭主妇们仍然在转换轨道，开始新的事业，并且，在极端情况下，一夜之间变成女同性恋。以前没有女同性恋，或者没看见过女同性恋，但突然间，她们到处涌现。其中一些人甚至并不是真正的女同性恋，她们只是在报复丈夫的爱珠和那些年轻女孩。

年轻女孩和那些想要逃跑的妻子通过着装来显示她们思想的开放。她们穿着连身衣，戴着大圆框眼镜，或者穿着民族风的拖地长裙和厚底凉鞋；她们留着画报上的长直发，或者少数民族鬈发，或者超短发；她们涂黑色的眼影和淡粉色的唇膏，不然就根本不化妆。“爱就是爱。”她们会这样说，带着一种微笑但教条的气质，让内尔觉得她们挺自以为是。*爱就是爱*。听起来非常简单。但从实际来看，它意味着什么？

无论玩什么游戏，内尔都想知道规则：她是一个按照规则行事的人。小时候她会把自己的食物分成几小堆：按照她自己制订的严格计划，把肉放在这边，土豆泥放在那边，豌豆则放在一个专门为豌豆预留的区域。正在吃的那堆食物完全吃光之前，绝对不碰另外一堆食物：这就是规则。这些年她花了不少时间玩单人纸牌接龙游戏，但从来没有作弊过。

在社会交往方面，她只学到了一直在强迫人们遵守的古老规则，直到迎来爆炸性的瞬间——那似乎就是一个瞬间发生的——所有的游戏都立刻改变，早先的构架已经四分五裂，每个人都开始假装规则这个概念本身已经过时。举例来说，按照之前的规则，你不能抢其他女人的丈夫。但现在似乎没有抢别人丈夫这回事了；相反，只是不同的人在做自己的事，并做出不同的人生选择而已。

在这段动荡的时期，内尔感到困惑、迷茫，失去了深度。然而，承认这样的事情，就会招致蔑视。她觉得自己的反应会不合群，于是干脆一言不发，并提前离开文学界的聚会，以免在走廊上与留着大胡子的男人们纠缠不休，也不必在挂着日式灯笼的花园里推开醉醺醺的男男女女，听他们含混不清但又愤怒地批评她保守的作风。

她的韵事——韵事，又是个过时的词——她的情感关系在这个瞬间到来之前至少还有过程。它们有开头、中间和结尾，由不同的场景作为标记——在酒吧里、在餐厅里、在咖啡馆里，甚至——当事情变得极端时——在大街上。除了必须经历的痛苦和挥洒的泪水——通常是她独自流泪——之外，这些场景中还是有一些尽管不太愉快但还算令人满意的地方：关系结束后内尔也经常觉得应该庆祝一下，仿佛已经按照剧本演完了角色，完成了不甚明确的职责。

曾经也有过登场和退出，而不只是暧昧地溜进溜出房间和取代了社交生活的咕哝、懒散、耸肩。其中还包含着各种情绪，每一种都连带着一个可以辨识的词语：嫉妒、绝望、爱、背叛、仇恨、过错，应有尽有。但是如今在年轻人或者自认为年轻的人们看来，拥有任何规模的词汇量都是一种缺陷。

乌娜和蒂格比内尔年长。他们尚未完全摒弃古老的规则，他们仍然愿意交谈。在巴斯妇那件事之后不久，乌娜邀请内尔到家中用晚餐——是乌娜和蒂格家享誉盛名的烤牛肉欢乐晚餐。内尔真诚地赴宴，期待着有一张正经的餐桌，周围摆着椅子，不像更为混乱或者更波希米亚风的聚会上时兴的方式——摆出各种糙米，让大家随便拿着吃。她见过那张桌子，她和乌娜在桌边做过一些编辑工作。最不济的情况下，餐桌上也会摆出餐具；最理想的情况就是没有人盘腿坐在地板上滔滔不绝地谈论他们的嗑药飞天的经历。在场的还有一对夫妇——一位历史教授和他的妻子，奇迹般地还在一起。这位教授曾在蒂格的一部纪录片中出镜，是七年战争[1]方面的权威。

两个孩子已经提前吃过了晚餐，但是又为了特制甜点——加巧克力酱的柑曼怡舒芙蕾——出现了。

气氛很欢乐，甚至有点亢奋。每当内尔说话时，乌娜和蒂格都会转过他们容光焕发、饶有兴味的脸望着她，但内尔不常开口——大部分时间大家都在听那位历史教授滔滔不绝。不过，内尔真的有话想说时，也并没有觉得她必须字斟句酌，言简意赅。

晚餐后，历史教授夫妇告辞，内尔帮助乌娜把餐具拿进厨房——这是古老的规则之一——然后和两个男孩玩起了大富翁游戏。孩子们亲切有礼貌，把她当成了稍大一点的小孩来对待。她摇骰子，掷骰子，并且很幸运。她不仅得到了自来水

1 1756年开始，英国-普鲁士联盟与法国-奥地利联盟之间发生的一场战争，最终英国取得巨大成功并从法国手中得到了加拿大新法兰西。此战争持续了七年，故称七年战争。

厂、电力公司、全部四条铁路、一些红色的街道以及淡蓝色和紫色的房产，而且还得到了公园广场和木板路，并在这些地方建起了酒店。尽管她对自己的残忍感到惊讶——这只是个游戏，她应该让孩子们赢——但她还是收取了高额房租，最后把孩子们逼到破产，在游戏中获胜了。

感人的是，孩子们竟然没有闷闷不乐，而是想要再玩一局，可是乌娜宣布时间已经不早了。然后他们吃了冰激凌，家里三只猫中的两只爬到内尔身上，呜呜地叫着。蒂格和乌娜对她和孩子们低头微笑，好像某个救孤故事里善良的养父母。内尔感到陶醉，感到被欢迎、被接受，并且莫名其妙地感到被保护。

提出晚餐邀请是为了让内尔能充分接触到蒂格。这是内尔后来得出的结论。某种程度上来说，她是去面试的：乌娜钦点她成为她丈夫的第二任妻子，或者，如果不完全是第二任妻子，也是第二任的什么，处于次要地位的什么，可控的什么。类似于妃子的角色。她要充当蒂格的其他伴侣，这样乌娜就可以继续过她决心要过的自己的生活。

然后发生了什么？内尔不太确定。她神魂颠倒了，显然。她乱了阵脚。也可能她被绑架了。有时感觉真是那样的。无论到底是什么，都部分导致了蒂格最终跑到乡下去，尽管没人这样说过。

一月下旬，内尔买了一些红色、蓝色和紫色的编织毛线。

她已经很久没编织了，长大之后就没再织过，但她有一种想重新开始编织的冲动。她想为她所谓的书房里的那张破床——就是乌娜周末到访农场时睡的那张床——织一床羊毛床罩。她要先织出几个长条，由红色、紫色和蓝色相间的方格组成，然后再把这些长条钩在一起。要想得到预期的效果，她需要做好规划，让那些方格组成她设想的醒目的跳色棋盘格。床罩织好后，她就会把它铺在床上，并一直铺在那里。

也许她会那么做。然而，也许她不会。也许她会回到她的橙色桌子和她的萨利安沙发上，带上她要编织的毛线。她还没有决定。

蒂格不在农场的时候——他外出远足或者有其他行程的时候——她会读书，编辑手稿，或批改学生的论文。《远大前程》中提到的绅士的概念；《简·爱》《名利场》和《螺丝在拧紧》中的家庭教师：工作乏味、追求财富、歇斯底里；《弗洛斯河上的磨坊》中的顺从与反叛。但她的书房在房子的北面，会变冷，而且黑得早。所以无论手头正在做什么，她都会放下，长时间地休息，给自己泡茶，坐在曾经属于前厅一部分的采光窗旁，编织着她的蓝、红、紫三色床罩，听着屋檐下冰柱融化的滴水声，向外凝望田野上的雪堆被风吹起的耀眼的白雾，以及雪堆后面的一排雪松，还有它们蓝色的影子。在这些时刻，她会忘记自己是否还有决定要做。她感到慵懒、舒适，仿佛漂浮在一个温暖的浴缸里。但随后她不得不掐醒自己，恢复警觉的状态，并尝试考虑自己的处境。

蒂格究竟能够给她什么呢？他嘴上说想要长久，但是以什么样的形式？毕竟他还是已婚身份。会有过程，会有情绪和事件，这些都能预料到。会有爱——已经用到了这个词——但那是什么样的爱？而且，就日常生活而言，它意味着什么？“我认为我们可以把问题解决，”蒂格是这么说的，“我想和你分享我的人生。”但是，他说他想要分享的人生里包括——比如说——乌娜吗？

内尔一走进她书房的门，就能感觉到乌娜的存在。感觉，也可能是气味：乌娜喜欢有香味的化妆品，并更中意带有异国情调的香气。在她们编辑书稿的日子里，内尔觉得这些香气很令人愉快，但现在她发现，如果不先把窗户打开，不顾零摄氏度以下的气温，让新鲜空气进来，她就无法静下心来工作。她感觉乌娜就站在她身后，躲在她肩膀后面窥探，脸上挂着暧昧的微笑，散发出一阵阵令人窒息的气味，就像一片成熟的罂粟花田。

但是按照蒂格的说法，乌娜到农场来的次数越来越少了。至于乌娜的新书项目，也就是内尔本来要编辑，或者——更应该说是——要捉刀的那本，已经被悄悄地放弃了。

*　*　*

二月末，蒂格宣布，内尔现在可以和孩子们同时住在农场了。内尔不确定她是否准备好了。她已经习惯了当隐形人：现在改变安排会破坏掉这种平衡。但蒂格说，他已经跟孩子们解释了她的情况，说她这周大部分时间都会住在农场，所以她也要配合。再说他和乌娜也已经讨论了这个问题，并同意事情应该朝着这个方向发展：是时候让男孩们明白这个家的女主人是内尔了。

“你为什么要和她讨论这个问题？”内尔问道，尽量让语气中不带任何感情色彩。

蒂格似乎很纳闷儿。“我当然要和她讨论，”他说，“关于孩子们的一切事情我们都一起商量。她是他们的母亲。”

“关于我，她具体是怎么说的？”内尔问。

“她完全支持，”蒂格说，“她完全支持你。她觉得你对孩子们有好处。”

“但我的感受呢？”内尔问。她想补充说，她不是这个农场的女主人。她不是任何一个家里的女主人，她还没有安顿下来，她还没有下定决心。她希望继续谈恋爱。

“你是什么意思？”蒂格说。

“他们认为我是谁？”内尔说，“我应该是谁？”

“你应该是一个和我一起住在这里的出色的女人。”蒂格说。他伸出双臂搂住她，亲吻她的脖子，但她能感觉得出他还是很恼火。她在没有麻烦的地方制造麻烦。她越界了。但这条界线在哪里？她看不见。

*　*　*

二月的最后一个周六，内尔坐灰狗巴士去了斯蒂尔斯。抵达时已经是下午：蒂格和乌娜认为内尔不应该在农场度过整个周末，第一次不行，因为可能会让孩子们过于紧张。她在车站一边编织着床罩，一边等着蒂格来接她。她只剩下两行方格要织了；她已经用钩针把织完的几行拼在了一起，蓝、红、紫三色的棋盘格效果已经按照她的设想实现了。

蒂格迟到了，但这并不是什么新鲜事。他来接她的时候总是迟到。他在斯蒂尔斯还有其他事情要办。他需要给汽车加油，去五金店，买菜。她明白到这些之后，也就多少不再计较他迟到了。

他们开着那辆锈透了的雪佛兰前往农场。孩子们在结冰的池塘上滑来滑去。他们没有穿冰鞋，但拿着冰球棒；他们在打球。当汽车歪歪斜斜地驶上车道时，他们挥舞起戴着手套的手。

这一次没有拥抱，没有脱了一地的衣服，没有匆匆忙忙地钻进蒂格的羽绒被里。相反，他们刚一进屋，就是一阵尴尬的沉默。

“他们还要在外面开心一阵子。”蒂格说。

“也许我们应该做一些热可可。”内尔说。这就是你跟小孩相处的办法：你给他们做可可。“还有爆米花。”她补充道。这些都是她自己小时候在同样一个寒冷的冬日午后得到的食物：能够给人安慰的食物，丰富、甜蜜而温暖。

“这是个好主意。”蒂格说。他对她笑了笑，很高兴她在努力。

幸运的是，他们有可可粉，还有一些爆米花。内尔忙着把可可粉和糖混合在一起。她倒了一些牛奶在锅里，打开炉子，开始在一个铁锅里摇动玉米粒。童子军训导员，她想。夏令营主管。带孩子郊游的主日学校老师。这些是她的选择，她的伪装；她们都是假正经的角色，卷起蓝色棉布衬衫绣有徽章的袖口。她该怎么跟男孩们打招呼？“你们好，我是你们爸爸的情妇。”但情妇这个词已经和通奸一起被抛弃了。这两个词不能脱离另一个单独被提起。

男孩们穿过披棚进屋，她能听到他们大笑着跺掉脚上的雪。然后他们来到了客厅。他们害羞地看着她，带着一种或许是不信任或忧虑的神情，和她正在看着他们的样子基本上差不多，内尔想。然后他们轮流和她握手。尽管到目前为止，他们所寄居的婚姻关系一直有荆棘和水蛭，但是他们仍然具有所谓的良好的教养。他们比她记忆中个头更高，也更强壮了一些——他们当然会这样。她上次见到他们已经是几个月前——好多个月前的事了。

他们三个人坐在餐桌旁，喝着可可，吃着爆米花，玩着大富翁游戏，而蒂格煮了意大利面作为晚餐。这次他们不像第一次一起玩游戏的时候那么潇洒；他们行动更加谨慎，更加有所防备；孩子们把他们在游戏里挣到的钱积攒起来，似乎是为了应付未来的紧急情况。他们不再像之前那样不顾一切地买地，也不再赌博和冒险。他们可能想起了第一次和内尔玩游戏的时候，那时他们的父母还在同一个屋檐下，假装一切都好。现在轮到男孩们假装一切都好。蒂格也在假装：他高兴过了头，焦虑地颤抖着。他太希望一切顺利。

内尔尽量玩得很马虎，借了不计其数的债，但尽管她尽了最大努力，她还是赢了。她不能让自己作弊。（在之后的几个月里，她和孩子们还会玩很多次类似的游戏，有时候甚至蒂格也会加入。内尔想换成红心或集体接龙，但男孩们要求玩大富翁。内尔为他们感到难过：每个孩子都想赢，哪怕就一次。但他们的运气不好，这是没办法控制的事情。）

他们正在吃意大利面的时候，乌娜来电话了。她与蒂格聊了几句，又跟两个孩子通过话之后，要求跟内尔通话。内尔很不情愿地接过了话筒。电话机就挂在厨房的墙上。蒂格和男孩们一动不动，他们忍不住想听。

乌娜的声音仍然带着内尔记忆中那种坦诚但又权威的语气。“你会盯着他们做作业的，对吧？”她说，“蒂格总是让他们玩太久。他们的功课越来越落后。”

所以这就是我应该成为的人，内尔想，我是家庭教师。

三月底，除了背阴的地方之外，大部分积雪已经消融，花蕾含苞待放，内尔织完了她的床罩，并把它铺在她书房的单人床上。她对最终的效果很满意。她叫蒂格来欣赏。

“这是不是意味着你会住下来？”蒂格问道，伸出修长的手臂从后面抱住她。内尔没有说什么，但她笑了。他毕竟没有那么愚钝。

四月，孩子们把他们的一只猫带了过来，因为农场里就该养只猫：他们在谷仓里看到了一些老鼠，也可能是田鼠。这只猫是一只城里的猫。由于不习惯旅行，它在车上一路哀号，还吐了，他们到达农场时，它不等别人抓住它就跳了出来，跑进了灌木丛中，好几天不见踪影。它回来的时候已经瘦了，身上的毛挂满了芒刺。它溜到内尔书房的床底下不肯出来。然而，显然它半夜一定出来过，还在内尔的针织床罩上打过滚，并把大部分芒刺都蹭到了床罩上。内尔把那些刺都挑掉了，但她永远没办法把所有细小的钩刺全部挑干净。

7

道德困境

Moral Disorder

从未有过如此可爱的春天，内尔想。青蛙——又或者它们是蟾蜍？——在池塘里颤叫，还有杨柳和茱萸——区别在哪里？——山楂树丛，野生酸梅，还有无人照管的苹果树都开了花，路边丛生的野草枯藤里横生出一排高矮不均匀的水仙，应该是某个早已消失的农夫的妻子种下的。鸟儿唱歌了。淤泥干燥了。

傍晚，内尔和蒂格在他们租来的农舍户外闲坐，两把铝框草坪椅是从披棚里找出来的，他们手牵着手，偶尔拍打驱赶着飞来的蚊子，看着一只横斑林鸮教它的两个孩子捕食。它们用蒂格买回来养在池塘里的十二只小鸭崽练手。他给小鸭崽们做了一间小屋——类似于一个没有墙壁的小房子，盖在一个漂浮的筏子上。小鸭崽们钻到屋檐下就可以平安无事，但它们似乎不知道该这样做。

不明就里的小鸭崽们还在池塘里游着，而林鸮悄无声息地俯冲向池塘的水面，每天夜里掠走一只小鸭崽，每只小鸭崽都被它叼进它在枯树洞里筑起的巢穴中，然后它会把小鸭崽撕碎，分给孩子们吞食下去，直到十二只小鸭崽全都不见了。

“看啊，”蒂格说，“多么优雅。”

五月初，拥有这座农场的商人说他要把农场卖掉。他给了他们一个月的时间搬走。由于没有签署任何租约，他们只能离开。但他们都认为，不能搬回城里，因为这里实在是太美了。

他们开着车，往土地价格更便宜的北边走了半个小时，驶入各处岔路，四处寻找着农场出售的标志。在加勒特附近，他们终于找到了符合他们出价范围的农场，包括一栋房子、一个谷仓和一百英亩土地。这处地产已经挂牌出售一年多了。是空置房，亲自带他们参观的农场主说道。他住在另一个农场；他用这个谷仓储存干草。但现在他要把两个地方都卖掉，拿回现金。“我想趁自己躺进棺材之前，多去看看这个世界。”

这个农场里也有个池塘，房子周围也有许多枝干盘错的苹果树，车棚里还有一台旧拖拉机。那是附带的，农场主说。房子建于十九世纪三十年代中期，镶着白色的护墙板，后面扩建了一个水泥地面的房间，以作为夏季厨房；地窖还没有完工；作为大梁的树干上还带着一些树皮。通往地窖的台阶陡峭危险。泥土地面很潮湿，而且有一种难以形容的气味。具体来说，既不是干腐味，又不是死老鼠味，也不是下水道味。

“修缮的工作量不小呢。”内尔说。农场主愉快地承认了这一点，并把总价降低了五千美元。然后还有抵押贷款的问题，蒂格说：因为他们两人都没有固定的全职工作，所以在银行那边会遇到问题。但农场主说他会帮他们办贷款。

“他急着把这地方处理掉。”内尔说。他们站在厨房正中，厨房的地面向着房子中间的墙壁倾斜得很厉害：他们迟早要把地面整个撬起来，在下面铺上新的十字梁。墙纸——从撕开的部分能看出已经覆盖了很多层——是一种褪色的绿，上面有粉褐色的球状花簇。地面覆盖着油毡，上面有栗色和橙黄色的菱形图案，内尔认得出是二十世纪五十年代的风格。

“还有一百英亩的土地。”蒂格说。

“这房子挺暗的，”内尔说，“让人不是很愉快。”

“我们把窗户擦干净。”蒂格说。这里已经多年无人居住。窗台上布满了灰尘和死苍蝇。“我们会把墙纸刷成白色。”他已经和农场主一起出去踏勘了一下土地。他在后面的田野里看到了一只沼泽鹰，他把它视为一种预兆。

内尔并没有说问题不在于窗户，也不在于墙纸。但粉刷会有帮助。

他们把内尔的积蓄和蒂格最近制作完成的一部电视纪录片的报酬加在一起凑够了首付款。成交之后的那个周末，他们把床搬了过去。然后他们坐在油毡地板上，吃着罐头沙丁鱼、黑面包片和大块的奶酪，喝着红葡萄酒。房子里只有一个刺眼的灯泡从屋顶吊着的电线上悬垂下来，于是他们关了灯，点起了一支蜡烛，就像一次室内野餐。

“所以，这些都是我们的了。”蒂格说。

“我以前从没拥有过任何房产。”内尔说。

“我也没有。”蒂格说。

“有点吓人。”内尔说。

“我们明天出去看看那只鹰。”

内尔吻了蒂格。这其实并不是个好主意，因为她刚吃过沙丁鱼，不过他们俩都吃了。

“我们去睡吧。”蒂格说。

“我要刷牙。”内尔说。

他们躺在蒂格的床垫——他们的床垫——上，相拥在一起。他们把蜡烛拿到了楼上，它在敞开的卧室窗户吹进来的暖风中闪烁着。内尔想起了那种薄得近乎透明的白色窗帘——她年轻的时候一直期待拥有的东西——还想象着等他们真的有了这样的窗帘后，它在这样的微风中会如何飘荡。

“你不该说我是你的妻子，”过了一会儿，内尔说，“在律师那儿。”

“现在很多女人婚后都保留自己的姓氏。”蒂格说。

“但那不是事实。乌娜是你的妻子。你和她仍然有婚姻关系。”

“并不完全是。”蒂格说。

“不管怎么说，你写的是配偶而不是妻子。这是个致命的漏洞。你没发现他看我的眼神吗，那个律师？”

“什么眼神？”

“就那种眼神。”

“那你喜欢别人怎么称呼你？”蒂格说。现在他听起来受伤了。

内尔什么也没说。她在破坏气氛，她也不想。她被安上了一个错误的称谓，她讨厌这样。但她想不出别的词——没有哪个词对她来说既符合事实又可以接受。

之后几天里，他们把其余的东西都搬了过来——蒂格的两个孩子来访时睡的双层床，客房里的单人床，内尔的书桌，几把椅子，一些书柜和书，内尔的橙色桌子。她把自己的其他家具都留在了城里。他们最终还是要再找来一些家具，房子看起来相当空，但他们目前没有多余的现金来买。

接下来的那个周末，蒂格的两个儿子来了，睡在他们新房间的双层床上，还和蒂格一起在农场周围散步了很长时间。他们看到了沼泽鹰——两只沼泽鹰。它们肯定是一对，蒂格说；它们在捉老鼠。孩子们很高兴地发现谷仓里有辆拖拉机。开拖拉机不需要执照，只要你不开到马路上就行。蒂格说等他把拖拉机修好，或者找人把它修好，之后，孩子们就能开着它在田里跑了。

内尔没有去散步，她留在家里做饼干。厨房里有一个老式的电炉，除了一个灶盘之外都非常好用。他们还打算买一个柴炉。计划是这样。

蒂格和孩子们回来后，他们都吃了涂着蜂蜜的饼干，喝了加入热牛奶的茶。他们随意地围坐在内尔的橙色桌子旁边，手肘撑着桌面，像一家人。

我是这里唯一一个跟大家都没有亲属关系的人，内尔想。她有种被隔绝在外的感觉。她已经不常到城里去了，去也是为了公事，去见出版商，去见她正在编辑的书的作者，所以她不常见到她的朋友们。除此之外，她的父母也不怎么和她联系，但他们也不是完全不和她联系。在语言交流方面，她仿佛置身于一个灰色地带，很像公共汽车站的候车室：冰冷的空气，沉默，话题仅限于健康状况和天气。她的父母还没有适应内尔已经和一个仍然是别人丈夫的男人同居的事实。她在此前的人生中从未如此明目张胆。那时她还会顾忌自己的形象。她会更偷偷摸摸。但现在，她公然寄出了地址变更卡，留给偷偷摸摸的舒适区已经不复存在。

内尔集中精力开辟了一块果菜园。因为田野里有土拨鼠，所以她要先搭一个围栏；蒂格也帮了忙。他们把铁丝网的底部插进土里一英尺[1]深，这样土拨鼠就没办法从下面挖洞进来。然后，内尔从在谷仓里找到的粪堆中挖出了很多腐熟的牛粪。这些粪肥足够用上好几年。在大门的旁边，有一株枝丫上长满疙瘩的玫瑰，她把它修剪成原状。她还修剪了一些苹果树。她对锋利的工具产生了新的兴趣——园艺剪和树钳，镐头和铲子，修枝锯和干草叉。但不包括斧头，她觉得自己驾驭不了斧头。

这时，她已经阅读了一些关于本地开拓者的资料——那些人在十九世纪初来到这里，开垦土地，砍伐树木，焚烧树干和树枝，把巨大的根桩排列成至今仍然随处可见并正在慢慢腐烂的木头围栏。这其中许多人来这之前从未使用过斧头。其中一些人不慎砍掉了自己的腿；另一些人为了避免那样的命运，使用斧头时会站在桶里。

花园的土壤不错，但里面有很多石头、陶器的碎片以及白色、蓝色和棕色玻璃压制的药瓶，一条洋娃娃的胳膊，一个失去了光泽的银勺子，动物的骨头，一块大理石。过往的生命在这里层叠。对某个人来说，这个农场曾经是新的。这里一定有过挣扎、疑虑、失败和绝望；当然，还有死亡。各种各样的死亡。

1　1英尺为30.48厘米，18英尺约为5.49米。

内尔在果菜园劳作时，蒂格出去转了一圈。他开着车到周边的道路上探索了一番。他到加勒特的五金商店瞧了瞧，还在银行开了个账户。镇上的杂货店——不要与市郊那些方方正正的新型超市混淆——在窗口上挂出了鸡蛋的广告牌：“**去骨母鸡天然产物**”。每次兜风回来，蒂格都会把所见所闻告诉内尔，还会给她带来礼物：一把小铲子、一团麻绳、一卷塑料地膜。

最近的十字路口有一个带综合商店的加油站，蒂格开始到那里去和当地一些年长的农民喝咖啡。他们把他看成个怪人，他说。但他们没有像鄙视大多数城里人那样鄙视他。幸好他开着一辆生锈的车，不打领带，还知道什么是棘轮扳手。但他也不是个农民。尽管如此，他们允许他加入他们的咖啡小叙，去听农耕诀窍和八卦。他们甚至开始跟他开玩笑了，他兴高采烈地把这个进展告诉了内尔。

内尔没有参与这些活动，她没有得到邀请。农民咖啡小组的规则是仅限男性。没有明文，但理所当然。

“我问他们我们应该养什么样的动物。”有一天蒂格从十字路口的商店回来后说。

“然后呢？”内尔说。

“他们说：‘什么都别养。’”

“这主意听着不错。”内尔说。

“然后有个人说：‘如果你打算养牲口，你得先有养牲口的那套东西。’”

“这倒是实话。”内尔说。

过了几天，蒂格说如果他们要住在农场，就不该让那块地荒掉，而那就意味着要养些动物。而且，让孩子们了解食物实际上从哪里来也是额外的益处。他们可以从养鸡开始——农民们说，养鸡容易。

蒂格和孩子们搭起了一个有点歪的鸡舍，这样到了夜里就不怕有捕食动物跑来偷鸡了。他们还开出了一片有围栏的院子，鸡可以在里面安全地溜达。蒂格和内尔以及农场里的人这下都有鸡蛋吃了，蒂格说，等鸡老得不能下蛋之后，他们还能把鸡吃了。

内尔不知道到时候谁会去杀掉这些老母鸡。她认为应该不会是她。

这些鸡被装在麻布袋里运来了。它们立即适应了新的环境，至少看起来是：它们的面部表情没有太大的变化。把鸡卖给他们的农民还在鸡群里掺了一只公鸡。“他说这样会让母鸡们更满意。”蒂格说。

那只公鸡每天早上都打鸣——发出一种古老的、诵经般的声音。其余的时间里，母鸡们用爪子挠土时，它会在一边盯着它们，然后突然从后面扑过去，跳到它们身上踩踏。如果内尔或男孩们到院子里捡鸡蛋时离母鸡太近，那只公鸡就会跳到他们的光腿上，伸出爪尖挠他们。于是他们带上了棍子，用来打跑公鸡。

内尔用这些鸡下的蛋做了蛋糕，放进冰柜里冻了起来，他们最终还是买了个冰柜，不然的话，要是果菜园真的成功了，他们要把所有的瓜果蔬菜存放在哪里呢?

然后蒂格又弄了些鸭子来——这次不是小鸭崽了——并把它们放进池塘里，让它们自谋生路。然后他又弄来两只鹅，本来指望它们下蛋孵小鹅的，但其中一只鹅腿上受了伤，所以只能被送到罗布林夫人那儿去。

蒂格和孩子们已经和罗布林一家交上了朋友，但是内尔怀疑罗布林一家——经营乳制品工厂的老罗布林夫妇和他们家很多个小罗布林——在背后嘲笑过他们。罗布林一家在他们的农场里住了很久，知道该如何应对农场的所有紧急情况。附近的公墓里也埋着很多罗布林家的人。

罗布林夫人是个身材敦实的圆脸老太太——内尔觉得她挺老的——有一双很短但强壮得出奇的手臂，以及红润、灵巧、粗壮的手指，（内尔怀疑）她从来没有戴过橡胶手套。男孩们说必要的时候她会奋力掷入，内尔知道这种奋力掷入与棒球完全无关，但与粪肥绝对有关。罗布林夫人显然有能力从事任何与黏液、污秽、血水和内脏相关的事业——男孩们曾经目睹她把手伸进一头母牛的身体里，拉出了一头小牛——腿先出来的——这个场景让他们充满敬畏。男孩们跟内尔讲述这件事的时候，目光中不是批评，而是轻蔑：内尔肯定做不到把胳膊伸进一头母牛的阴道，他们用眼神说道。

内尔原本希望罗布林夫人能把鹅的腿固定住，给它上个夹板，但事与愿违。那只鹅送回来的时候可以直接放进烤箱了，蒂格说，这就是乡下的处理方式。剩下的那只鹅似乎是只公鹅，它在周围徘徊了一会儿，看起来很难过——内尔觉得——然后就飞走了。

这个时候他们还有了一对孔雀，是蒂格在一条岔路上的孔雀养殖场发现并作为礼物送给内尔的。

“孔雀！”内尔说。蒂格的本意是让她开心。他总是有这种意图。她怎么能不感激他的热情、他的率性呢？“到了冬天怎么办？”她说，“它们不会死吧？”

“孔雀是喜马拉雅山脉北部的一种野禽，”蒂格说，“它们会照顾自己的。天冷也没问题。”

那两只孔雀总是在一起。雄孔雀会展开它巨大的尾羽，抖动着发出瑟瑟的声响，雌孔雀会爱慕地看着它。它们轻松地飞来飞去，蹲在树上，各处啄食。有时，它们会飞进母鸡的院子。公鸡很识时务，知道最好不要和孔雀打起来，因为孔雀比它块头大很多。夜里，孔雀夫妇就在谷仓的十字梁上栖息，它们一定认为在那里就不会有危险。一般在黎明到来之前，它们就会嘶叫，声音听起来像是被谋杀的婴儿。内尔不知道它们会在哪里筑巢。它们会生出多少只小孔雀？

在果菜园里，内尔种植了她能想到的一切。西红柿、豌豆、菠菜、胡萝卜、白萝卜、甜菜、冬瓜、西葫芦、黄瓜、节瓜、洋葱和马铃薯。她希望看到慷慨的、丰富的、过剩的丰饶景象，就像文艺复兴时期丰收女神得墨忒耳和波摩娜的画像中所描绘的——她们穿着飘逸的长袍，裸露着一个乳房，她们篮子里的食物散发着光芒。她还开辟了一块百草园，在里面种上了韭菜、欧芹、迷迭香、牛至和百里香，还种了三株大黄和一些醋栗——一簇红的，一簇白的——以及一些接骨木，到春天他们可以做接骨木花酒；还有一畦草莓。她还种上了红花菜豆，让它们攀爬在竹竿做成的三脚架上。

当地的农民并不知道菜豆可以这么种。他们定期会跑到院子里来看看；他们总能找到借口，比如有一条流浪狗跑来了，借一把扳手或锤子，等等，但是实际上他们只是想看看蒂格和内尔在干什么——他们认真观察着竹竿的结构。他们并没有问这些东西是什么。当豆秧开始悄悄爬上架子时，他们就不看了。

“听说你的奶牛又跑出去了。”他们会说。他们都习惯斜着眼睛瞪着内尔，他们搞不懂她。她和蒂格结婚了吗，还是怎样？他们对她皮笑肉不笑的样子说明他们不这么认为。也许她是个自由恋爱主义者，是那种嬉皮士。符合她在果菜园里忙得不可开交的做派。真正的农家妇女是没有果菜园的。她们每周去一趟东边二十英里开外的加勒特，从超市装回一车蔬菜杂货。

“听说你们花了三天时间才把奶牛都赶回谷仓。也许你们应该把它们送到安德森那儿去。”

内尔知道安德森那儿是哪里。那是屠宰场：安德森定制屠宰场。“哦，我不这么认为，”内尔说，“至少目前不。”

他们买来这些奶牛是因为蒂格认为他们应该培育自己吃的牛肉：那些喝咖啡的农民都是这么干的。“养四头，卖三头，剩下一头放进冰柜，一切都妥了。”他们这样声称。于是，蒂格从其中一位热心肠的农民那里赊购了四头夏洛莱-海福特杂交牛，他们确实没瞎说，但如果内尔和蒂格能多问几个更深入的问题就更好了。他们不知道这些牛能跳，而且跳得那么高。

围栏必须加高加固，但有时候牛还是会跑出去，跟附近的一大群奶牛会合。蒂格不得不带着两个男孩去把它们找回来——往它们身上套绳索，拼命把它们拉上专门为了这个借来的卡车。那是件很危险的事情，因为这些牛很不服管，而且根本不想回家。

“也许它们知道我们会把它们吃掉。”内尔说。

“奶牛想扎堆，”蒂格说，“跟在商店里买东西的人一样。”

这些奶牛的名字分别是苏珊、韦尔玛、梅根和鲁比。这些名字是男孩们给它们取的。他们被警告过不要这样做——不要给奶牛赋予人性——但他们还是这样做了。

乌娜总是在周末来电话。一开始，跟蒂格和孩子们通话之后，她也想跟内尔通话——她想赢得内尔的帮助，然后给她下达指示——但过了一段时间，她就不再这么做了。偶尔乌娜会让男孩们捎来折叠好也密封好的纸条，向内尔传递一些简短的消息。通常都是跟丢失的袜子有关。

一只母鸡从院子里逃跑了，之后在几株大黄里被找到时，喉咙已经被撕开。“是黄鼠狼。”罗布林夫人检查过伤口之后说道，“它们喝它的血。”她问内尔想不想把母鸡拿回家炖了，因为它还很新鲜，而且血已经放掉了。内尔不想——被黄鼠狼咬死的鸡肯定也被污染了——于是罗布林夫人把母鸡拿走了，她说她能想办法派上用场。

另一只母鸡在车棚里乱七八糟的机器零件后面安了家，在那里孵蛋——它自己下的蛋，还有其他逃避孵育任务的母鸡下的蛋。等内尔找到它时，它正趴在二十五个鸡蛋上。还能怎么办呢？这些鸡蛋太老了——发育得太好，已经长出了胚胎——已经不能吃了。

蒂格说，男孩们暑期剩下的时间都会在农场度过。这是匆忙中做出的安排，因为乌娜要去度假。她要去加勒比海的一个度假村，而且不是一个人去。

“你介意吗？”蒂格问，内尔说当然不，不过如果能提前一点告诉她就更好了。蒂格说没法再提前了。

内尔用磁铁在冰箱上贴了一份清单。那是一张打扫卫生值日表：扫地、收拾桌子、洗碗。大家都要轮流做。她自己会继续用他们找到的那台不太好用的二手甩干机给所有人洗衣服；她会继续把衣服晾在绳子上。她已经在烤面包，烤馅儿饼，还用一些多余的鸡蛋和他们从罗布林家得到的奶油做冰激凌。同时她还要考虑醋栗的问题——她不可能把每一粒醋栗都做成果冻。她曾经把一些醋栗放在阳光下晒干，但后来她忘记了，结果下雨了。尽管她一直在制定各种待办清单，但她没办法兼顾每件事。

那个季节有许多拍卖会——农场主去世了或者要变卖家产时，他房子和谷仓里的所有东西都会被拍卖。内尔觉得自己像个捡破烂儿的，但她还是去了。她就这样买到了几条被子——只需要简单修补就能用——和一个缺少铰链的木箱，不过很容易修好，只要她能腾出手来。她需要一些能够增添符合形象的东西——符合农场的形象，得多少带点旧日遗风。

蒂格买了一台打捆机，便宜得不像话，因为是已经过时的旧款。它打出来的是长方形的小捆干草——不是现在流行的那种大捆肉桂卷造型。他和孩子们会把干草打回来，他说。冬天他们可以给奶牛喂干草，多余的干草就以一美元一捆的价格卖掉。当然，他会按照非熟练工人的薪酬标准付给孩子们工钱。蒂格和内尔在这件事上肯定会亏损，最多能达到收支平衡，蒂格说，但这对孩子们来说会是一次绝妙无比的体验，他们可以做一些真正的工作，来觉得自己有用。内尔认为这样如何呢?

“我觉得挺好的。”内尔说。涉及蒂格满腔热情要去做的事情，这已经成为她的标准答案。

内尔和蒂格去参加农场拍卖会的时候，孩子们在谷仓里混时间。他们在那儿干了不少事。喝了酒，尝试了迷幻药，还经常抽烟和大麻。大麻是后面的田里出产的，有些年轻农民在那儿种一些能赚钱但不合法的东西，他们称之为“古怪的烟草”。他们在谷仓里谋划着各种事情。他们考虑过把车开走，逃到蒙特利尔，或者至少逃到加勒特，去看恐怖电影。这些计划只停留在理论上，而且男孩们跟内尔听说过的那些孩子不同，他们不喧哗，也不砸东西，所以蒂格和内尔完全不知情。他们是很久之后才知道这些的，当时男孩们都已经长大，已经过完了二字头的年纪，他们对蒂格抛弃家庭的愤怒也已经平息，才开始分享他们的回忆。

孩子们在学校的表现并不太理想——乌娜发来了他们的成绩单，意思是他们这样不思进取是蒂格的错。但蒂格——他现在已经把拖拉机修好，让男孩们在农田里和后院的田地里开着它跑——说他们正在学习很多其他的事情，在他们以后的生活中会派上很大用场的事情。

男孩们现在长得更高了——比内尔还高。其中一个几乎和蒂格一样高。他们有古铜色的肤色，有肱二头肌；他们饭量很大，蒂格没给他们安排其他工作的时候，他们就钻到拖拉机的下面，把零件拧下来，再装上去。他们身上满是机油和污垢，有时还会被各种工具弄伤流血，但这似乎让他们相当开心。内尔洗了很多条毛巾。

当天气适合——炎热而晴朗，干草也已经打好并耙成一堆堆之后，蒂格和男孩们努力地把干草打成捆，他们戴着厚厚的手套，额头上缠着头巾，好防止汗水流进眼睛。打捆机被拖拉机拽着，在田地里来来回回，喷出草捆、大块的干泥和麻绳的碎片。这个过程酷热而且暴土扬烟，还很吵。秸秆飞进他们的衣服，更细碎的草渣被他们吸进鼻腔。把草捆运进谷仓是最艰难的部分。内尔有时会围上头巾，戴上宽边帽去帮忙。傍晚，他们都累得几乎吃不下饭；日落之前他们就躺在床上了。

八月底，蒂格收到了乌娜寄来的一封打字信，指责他和内尔把男孩们当作童工来剥削，想从他们身上挣钱。

* * *

蒂格和乌娜本应起草一份分居协议，这样他们就可以办理离婚手续，但乌娜一直在更换律师。她认为，由于蒂格和内尔拥有一个农场，蒂格在收入问题上一定对她撒了谎。她想要更多的钱。但蒂格没有更多钱了。

内尔感觉到自己周身正在长出一副坚硬的外壳，由于这副外壳的阻挡，她为蒂格的处境而难过的程度也没到应有的程度。蒂格的观点是，他不能公然与乌娜发生任何形式的冲突。

例如，他不能主动提出离婚。必须允许乌娜坚信她才是掌控一切的人。如果蒂格突然有所动作——如果他先发制人——乌娜会利用他的行为不让他见孩子。毕竟，他们在法律上是跟她一起生活，而不是跟他。

“他们跟我们在一起的时间更多，”内尔说，“如果你按照他们醒着的时间来算的话。而且她无论如何都会用这件事来对付你。她已经这样做了。”

“她身体不好，”蒂格说，“她的健康出了问题。”他说无论如何都不能过度打扰乌娜。

我还是会过度打扰她，内尔想，我忍不住。

这番对话并不止于此，但其余的话都没有说出口。

我已经快三十四岁了，内尔想，事情什么时候才能解决呢?

但蒂格并不着急。

树篱中的野梅子熟透落在地上。它们是蓝色的、卵圆形的，香气扑鼻。内尔捡了满满一篮子，在一团小果蝇的围绕中把它们带回家，做成了糖渍水果和浓紫色果酱。蒂格舔着她紫色的手指，吻着她紫色的嘴唇；他们在温暖、朦胧的傍晚缓慢地做爱。饱足，内尔想。就是这个词。我还想要什么改变呢?

九月，内尔从苹果树上摘下虫蛀结痂较少的苹果，做成了苹果酱。树下的地上到处都是掉落之后发酵了的苹果：蝴蝶落在上面吸食着汁液，然后歪歪扭扭地四处飞舞；黄蜂也是如此。一天早上，蒂格和内尔醒来，发现一群醉醺醺的猪躺在树下，心满意足地哼哼着打鼾。显然，它们已经醉了。

蒂格把它们轰起来，然后跟着它们，想看它们是从哪儿来的。它们来自后面山上的养猪场。猪农说，它们每年都这样。它们挖隧道从围栏下面钻出猪圈，仿佛已经计划了好几个月。它们总是选择最合适的时间点。对这场混乱盛事的期待让它们很高兴，这是他的观点。他并不在乎那些苹果树不是他的。

内尔知道他们不能说什么。边界要想真正成为边界，取决于你是否能够守卫它。这里的房子也有过被人破门而入的遭遇，发生过偷窃和破坏的行为。蒂格不在家的时候，她并没有一直觉得安全。

有一天，奶牛苏珊被一辆卡车拉走了，回来时已经变成一堆冷冻起来的肉块。这就像一个魔术——众目睽睽之下，一个女人在舞台上被锯成两半，然后又完好如初地重新出现，从过道走来；只不过苏珊的变化是反向的。内尔不愿去想苏珊失踪期间发生了什么。

“我们要吃的这个是苏珊吗？”男孩们铲着炖熟的肉说。

“你们不应该给奶牛起名字。”内尔说。男孩们都笑了。他们已经发现了震惊和恐惧的重要性，至少在餐桌上是这样。

蔬菜泛滥成灾，内尔不知道该拿它们怎么办。有些可以做成罐头，有些可以晒干和冷冻，然而还有一些——比如那堆多余的节瓜——被拿去喂了鸡。内尔做了十几罐黄瓜泡菜，十几罐腌甜菜。她把土豆、胡萝卜和洋葱储存在根茎菜窖里，和蒂格自己酿的瓶装啤酒以及内尔盛放用多余的白菜发酵的酸菜的罐头放在一起。把酸菜放在地窖里是个错误——它让整栋房子弥漫着浓重的臭脚丫味——但内尔自我安慰地想，酸菜中含有大量的维生素C，如果他们整个冬天都被困在大雪里，开始得坏血病的时候就能有用。

十月的第二个星期，蒂格和内尔第一次斩首了一只母鸡。是脸色略苍白的蒂格用斧头砍的。那只母鸡在院子里乱窜，血像喷泉一样从它的脖子处喷出来。奶牛们开始焦躁不安，哞哞叫着。剩下的母鸡咯咯地喊。孔雀们发出尖叫。

内尔不得不请教罗布林夫人下一步该怎么做。她按照指示把母鸡用开水烫了，并拔了毛。然后她把母鸡开了膛，取出了内脏。她从未闻过这么让人恶心的气味。鸡肚子里还有几个大小不一的蛋，处于不同的发育阶段。

她想，到此为止，我不会再干这个了。就让那些鸡寿终正寝吧，我不介意。

蒂格做了炖鸡，还加了果菜园里的胡萝卜和洋葱。孩子们吃得津津有味。他们希望自己能在现场看到没有脑袋的母鸡跑来跑去。蒂格已经从他苍白的时刻中恢复过来，兴高采烈地陶醉在描述过程的乐趣中。

十月下旬，农场的奶牛群里增加了三只母羊。蒂格的想法是，它们生下的小羊羔可以卖掉或自己吃。这三只母羊不知道为什么跑进了池塘，腿被水面下一卷带刺的铁丝网缠住了，蒂格用剪线钳剪开铁丝，把它们抱了出来。它们的毛都湿透了，抱起来特别沉。它们挣扎着乱踢，蒂格滑倒了，半个身子掉进了池塘，然后就得了感冒。内尔给他擦了维克斯舒缓药膏，还给他做了加了威士忌的热柠檬水。

十一月，蒂格的自酿瓶装啤酒开始在地窖里爆炸。先是一声巨响，然后满地的啤酒和碎玻璃，就像周六晚上的一场车祸。内尔根本不知道什么时候就会有一瓶啤酒爆炸：冒险到地窖去拿一根胡萝卜或者一个土豆就像跑进雷区。但是，蒂格说，没爆炸的瓶子里的啤酒非常好喝，虽然泡沫很多。他得赶紧把这些酒都喝掉，以免浪费。

冬天来了。行车道太滑，汽车只能停在山脚下，大型扫雪机铲起的雪经常把它掩埋起来。然后来了一场雨夹雪风暴，电话线断了，还停了电。幸运的是那时柴炉已经安装好。内尔和蒂格蜷缩在炉子旁边，裹着棉被，点燃一堆蜡烛来抵御黑暗。

在其他的日子——没有暴风雪、大风或冻雨的日子——田野上一片耀眼的洁白，空气清新。蒂格喜欢在这种天气里给动物喂食，他觉得很平静。清晨，当他打开一捆新鲜干草时，它们会聚集在他身边，它们芬芳的呼吸在寒冷的空气中凝固成白色，它们彼此间轻轻地推搡着，在冬日里看起来就像耶稣诞生的舞台造型。内尔凝视着窗外如此安宁的一组画面，感觉自己回到了一个更简单的时代。但随后电话铃就会响起。她在接听前会犹豫一下：可能是乌娜打来的。

二月，大雪席卷着结冰的田野，母羊产了羊羔。其中一只生了三胞胎，但拒绝抚养三只羊羔中最小的那只：蒂格发现它在羊圈的一个角落里瑟瑟发抖。蒂格和内尔把这只被母亲抛弃的小羊羔抱进屋，用毛巾裹起来，放进柳条编的洗衣篮里，不知道接下来该怎么办。不幸的是，留在母羊身边的一只羊羔把头卡在羊圈的两块木板之间，冻死了，所以从理论上讲，第三只弱小的羊羔可以取代它的位置；可是那只母羊就是不想搭理那个可怜的小家伙。

“它闻起来肯定不一样了，”内尔说，“它跟我们相处过。”

罗布林夫人让他们把裹在毛巾里的小羊羔放进烤箱，把烤箱门开着，用低温慢慢加热，用眼药水滴瓶喂它喝白兰地，他们照做了。她还亲自过来了一趟，好确保他们的做法正确。她把内尔和蒂格当成智力稍微不灵光的小孩来对待——按照当地农民习惯的说法，就是那种脑子里缺了几根筋的小孩。小羊羔无力地咩咩叫着，还踢了几下腿。罗布林夫人看了看它的眼睛，又看了看它的嘴，说它活下来的可能性很大。内尔想知道她是如何判断的，但觉得这样问很愚蠢。

日子一天天过去，小羊羔越来越强壮。内尔把它抱在怀里给它喂食，她尴尬地发现自己在轻轻摇着它，给它唱歌。

“它叫什么名字？”男孩们问。

“它没有名字。”内尔说。她不打算落入给它起名字的圈套。

很快，小羊就能站立，开始用奶瓶喝奶。蒂格在夏季厨房里给它搭了一个小羊圈，每天给它垫上新鲜的干草；但随着它越来越活泼，想要奔跑和跳跃，他们认为不该再把它关在羊圈里，于是让它进了屋。在滑溜溜的油毡上——他们已经铺上了全新的、滑溜溜的油毡，上面有瓷砖形状的图案——它把四条腿撑开，但还是难以保持平衡。不过很快它就掌握了这个技巧，并四处蹦跳着，扭动着它毛茸茸的长尾巴。

但是，他们无法训练它的排泄习惯。它一有尿意就会随处撒尿，并在油毡上留下一堆发亮的棕色葡萄干大小的颗粒。内尔用绿色的塑料垃圾袋给它做了个尿布，在它后腿和尾巴的位置掏了个洞，结果不但没用反而更添乱。

三月底，雌孔雀死在了谷仓的地上，就在它平时栖息的十字梁下。一定是有只黄鼠狼夜里爬上去了，罗布林大人说：黄鼠狼干得出来这种事。那只雄孔雀在皱巴巴的尸体周围徘徊，看上去很迷茫。它现在该怎么办？内尔想。只剩它自己了。

*　*　*

到了四月，小羊羔已经长大到不能关在屋子里了。它变得太强壮、太闹腾了。他们把它和其他牛羊一起关在牲口棚里，但它没有和其他小羊羔交上朋友。它一直独来独往，除了蒂格到院子里去喂牲口的时候。那时，只要蒂格转过身去，小羊羔就会朝着他冲刺，从后面撞到他身上。

内尔得到的则是完全不同的待遇。她出现时，小羊羔会凑到她身边，亲昵地用鼻子拱她，然后站在她和蒂格之间。

蒂格只得拿上一根木棍到谷仓的场院里保护自己。当小羊羔向他跑来时，他就用棍子打它的脑袋。小羊羔晃晃脑袋，退后，但很快就会再试一次。

“它觉得这是一场比赛。”内尔说。

“它爱上你了。”蒂格说。

“我很高兴有人爱我。”内尔说。

“你这话是什么意思？”蒂格委屈地问。

内尔不知道这句话应该是什么意思。她也并不想说，只是不小心脱口而出了。她感到自己的嘴唇在颤抖。这很荒唐，她想。

妻子被杀害之后，雄孔雀开始有了奇怪的表现。它对着院子里的母鸡们示爱，展开它的尾巴，瑟瑟作响地摇晃羽毛。

母鸡们对它没兴趣，它就跳到它们身上啄它们。它的脖子很有力，而且啄起来很有劲。它杀死了几只母鸡。

蒂格把母鸡关进了鸡舍，试图抓住雄孔雀，但它尖叫着飞到了他够不着的地方。然后它又去骚扰鸭子，但鸭子们聪明地溜进了池塘，它抓不到。然后它从房子的一扇窗户上看到了自己的影子——这扇窗户附近有一个土堆，它可以站在上面。它向自己示爱，开屏，扇动着尾巴上的羽毛，仿佛受到威胁一样尖叫，然后攻击窗户。

“它疯了。”蒂格说。

“它在服丧。”内尔说。

“一定是交配的季节到了。”蒂格说。

雄孔雀开始潜伏在房子外面，像个发疯的窥视狂一样从地面层的窗户往里看。它知道它的敌人就在里面。在它痴傻的小脑袋里，恨已经取代了爱。它一心想要进行暗杀。

“我们应该再给它找个伴。”内尔说。但他们没付诸行动，然后有一天，它就消失了。

小羊羔越长越大，越来越无所畏惧。它现在根本不等蒂格转身就从任何角度冲向他。它的头骨似乎是水泥制成的，用棍子打它只能让它更来劲。

“我们不能由着它这样下去，”蒂格说，“它会伤到人的。”

“它以为自己是个人，”内尔说，“它觉得自己是个男人。它只是在保卫它的领土。”

“这就更有必要了。”蒂格说。综合商店里的那帮人说，附近有个农民有天晚上喝醉了，想要穿过放养着一只小公山羊的一片田地。那头小羊冲向他，把他撞倒了。这个可怜的家伙每次想要起身的时候，小羊就再次把他撞倒。到天亮的时候，那个倒霉蛋几乎快死了。那只羊羔很快就会变成一只成年的公羊，然后也可能做出类似的事情。

“那我们该怎么办呢？”内尔问。他们两人都知道该怎么办。但蒂格不愿意动手把羊的头砍下来，然后把它大卸八块，或者干出其他必须干的事情；他不愿意做屠夫。母鸡是他能够接受的极限。

“我们只能把它送到安德森那里去。”他说。

他们成功地抓住了那只羊羔。内尔不得不把它引诱到蒂格一动不动举着绳圈设下的圈套中，因为小羊信任她，没把她当成敌人。他们把它按在地上，把它的腿绑在一起，然后用推车拉出了谷仓的场院。其他的羊和奶牛从围栏上方目睹着这一幕，发出咩咩咩咩的叫声。它们都知道出事了。

蒂格和内尔把羊羔抬到雪佛兰的后备厢里。它不停地踢腿挣扎，可怜兮兮地叫着。然后他们钻进车里，开车走了。内尔觉得他们好像在绑架这只羊羔——把它从家里和家人身边拽走，用它来换取赎金，只不过这次没有赎金。它注定要遭此厄运，除了身为它自己之外，它没有犯过任何罪。它低沉的咩咩声从未停止，一直叫到他们抵达安德森定制屠宰场。

“然后怎么办？”内尔说。她感到疲惫。背叛太辛苦了，她想。

“我们把它从车里弄出来。”蒂格说，“我们把它送进大楼。”

“我们必须等着吗？”内尔问。她是指在整个过程中，就像你第一次带孩子看牙医时等在外面一样。

在哪里等？这里没有等候区。

安德森定制屠宰场是一座狭长低矮的建筑，曾经是白色的。建筑的双开大门是敞开的，从里面透出昏暗的光。外面的院子里堆满了桶，板条箱，以及一辆封闭货车——是运马的货车——和一些生锈的机械零件。还有某种滑轮装置。桶和板条箱看起来也生锈了，但它们不可能生锈，因为它们是木头做的。

四下无人。或许他们应该按一下喇叭来宣告他们的到来，内尔想。这样，他们就不必进去了。

蒂格在车尾，想要把后备厢打开。

“好像卡住了，”他说，“也可能是锁上了。”羊羔的叫声从后备厢里传来。

“我进去看看，”内尔说，“肯定有人在。门是开着的。他们应该有撬棍。”或者其他东西，她想。他们会有各种各样的东西。棍棒，锋利的工具，用来割开喉咙的刀子。

她走进楼里。天花板上悬吊着一排裸露的灯泡。门旁边还有两个桶，没有盖子。她往里看：里面装满了剥了皮的牛头，泡在盐水里。她猜那应该是盐水。空气里有一种香甜、沉重、凝固的气味，像是经血的气味。水泥地面上散落着锯末。至少天气还算凉爽，她想。至少没有很多苍蝇。

更远的地方像是有办公隔间，还有一些高高的挡板或者办公位。

“喂，”她叫道，“这儿有人吗？”好像她是来借一杯糖的。

从其中一处挡板的拐角处走来一个高个子大块头的男人。他上身只穿了一件背心，裸露着粗壮的手臂，就像是从中世纪刽子手的旧漫画里走出来的人物。他是个秃子。他系着一件围裙，或者只是拦腰围了一块灰色的帆布，上面有棕色的污点，一定是血迹。他的一只手拿着某种工具。内尔没有仔细看。

“有事吗？”他问。

“我们的羊羔被卡在后备厢里了，”她说，“我们汽车的后备厢。卡住打不开了。我们想也许你这儿能有撬棍什么的。”她的声音听起来尖细而微不足道。

“这不难。”那个人说着，大步向前走去。

在返回农场的路上，内尔开始哭。她停不下来。她失控地哭啊哭啊，不停地喘息和啜泣。

蒂格把车开到路边停下，把她拥入怀中。“我也感到难过，”他说，“这个可怜的小家伙。但我们还能做什么呢？”

“不只是羊羔的事。”内尔说，抽噎着，擦了擦鼻子。

“那是什么？是什么？”

“一切，”内尔说，“你看不到出了什么问题。一切都不对了！”

“不，没有，”蒂格紧紧地拥抱着她说，“没事的。我爱你。会好起来的。”

“不会的，不会的。”内尔说。她又开始哭了。

“告诉我为什么。”

“我不能！”

“告诉我吧。”

“你不希望我生小孩。”内尔说。

* * *

羊羔被装在一个白色长方形纸盒里送了回来，纸盒看起来像是礼服盒。粉红色的羊排、两条羊腿、羊蹄和羊脖子整齐地排列在蜡纸上，是用来炖着吃的。此外还有两颗小小的肾脏和一颗精致的心脏。

蒂格用内尔果菜园里的干迷迭香做了羊排。虽然内尔很悲痛——她仍然感到悲痛——但她不得不承认，羊排很美味。

我是个吃人肉的怪物，她的想法带有一种奇怪的分裂感。

也许在农场这里她会变得更狡猾。也许她会吸收这里的一些阴暗面，但它们或许根本不是阴暗，而只是知识。她会变成一个被寻求建议的女人。紧急情况下他们会来找她。她会卷起袖子，摒弃感情用事，去做一切沾满鲜血、散发恶臭但必须完成的事情。她会擅长用斧头。

8

白　马

White Horse

白　马

在农场的第二年，内尔和蒂格得到了一匹白马。这匹马不是他们买的，他们甚至没想拥有它。但突然间，它就来了。

那段日子，他们像挑芒刺一样挑选动物。生灵依偎着他们。除了羊、牛、鸡和鸭之外，他们还收留了一只公狗，并给它取名叫豪尔——它是一只布鲁泰克猎浣熊犬，甚至有可能是纯种的：它戴着一个昂贵的项圈，但上面没有名牌。它是从岔路上流浪过来的——把它扔在那儿的人曾经非常恶劣地虐待过它，以至于只要有人对它说句狠话，它就会仰面朝天打着滚、撒尿。想要训练它是不可能的，蒂格说，它太容易受到惊吓了。

豪尔有时睡在厨房里，半夜会无缘无故地吠叫。其他时候，它会跑出门遛弯儿，几天不见踪影。它会带着伤回来，鼻子里扎着豪猪的刺，爪子酸痛，遇到——可能是——浣熊时受的皮肉伤。有一次，一个路过的猎人还举起打鸟的散弹枪给了它一枪。豪尔胆子小也就罢了，还不知道当心。

他们还养了一窝猫，都是那只从城里运到农场的母猫的后代，他们都以为它已经做了绝育。显然，这是个误会，因为这只猫在房子的一个墙角下面生了一窝小猫。这些小猫相当野。如果内尔试图接近它们，它们就会跑掉，钻进它们的地洞。然后它们会探出头，发出嗞嗞的叫声，努力让自己看上去很凶猛。它们长大一些之后就搬进了谷仓，它们在那儿抓老鼠，还有了小秘密。偶尔，后门的门槛上会出现一段肠子——内尔怀疑是松鼠的——或者一条尾巴，或者其他一些被咬掉的残肢，内尔肯定会踩到，尤其是她正好光着脚的时候，夏天她经常光脚。这些猫似乎对文明及其礼仪有一些残存的记忆。它们知道它们应该付房租，却搞不清楚细节。

它们吃放在后门外面的狗粮盆里的东西。豪尔没有冲它们叫唤，也没追赶它们——它们对它来说太可怕了。有时它们睡在奶牛后背上。它们在鸡舍里似乎也干了些很可疑的勾当——那里发现过蛋壳——但这些都是没有证据的猜测。

和那群猫不同的是，那匹白马——那匹白色母马——有名字。它叫格拉迪丝。它被安置在蒂格和内尔这里，是因为内尔的朋友比莉从小就喜欢马，但因为她现在住在城里，所以没有地方养它。比莉看到这匹白马（或者是母马）站在一片湿地中，孑然一身，无精打采地垂着头。它的情况很悲惨。它的鬃毛打着结，白色的毛皮上沾满了泥土，它的蹄子已经很久没有修过，以至于脚趾的末端已经像土耳其拖鞋一样翘了起来。比莉说，在沼泽里再站下去，它的脚就会开始腐烂，而一匹马如果出现了这种情况，很快就会跛脚，到那时基本上就没救了。如此冷漠的疏于照顾让比莉感到极为愤怒，她从一个醉醺醺，并且（据她说）肯定是个精神病的农夫那里买下了格拉迪丝，花了一百美元，这比可怜的格拉迪丝在这种衰弱状态下的实际价值要高很多。

但是之后比莉却没有地方安置它。

然而，内尔和蒂格有个地方。他们有的是地方——好多英亩呢！对于（已经过了风华正茂的年纪，又太肥胖，而且呼吸道也有些问题，所以会经常喘息和咳嗽的）格拉迪丝来说，还有什么比来到农场住下更完美的呢？至少——当然——找到别的地方安顿它之前是没问题的。

内尔怎么能拒绝呢？她本来可以说她要忙的事情已经太多太多，不需要再加上一匹马了。她本来可以说她的农场不是给遭到遗弃的四足动物开设的养老院。但她不想让自己听上去自私和残忍。而且，比莉个子相当高，意志坚定，也很有说服力。

“我对马完全不了解。”内尔怯懦地说。她没有补充说她害怕它们。它们体形巨大，习惯跳跃，而且太爱翻白眼。她认为它们不太稳定，容易发怒。

“哦，很容易。我会教你，”比莉说，“一旦你掌握了窍门，就没有任何难度了。你会爱上格拉迪丝的！她的天性这么可爱！她就是个小蛋糕！”

蒂格听到格拉迪丝的事情时，有些顾虑。他说照顾马匹需要费很多精力。他们还需要大量的饲料，但他已经在农场里积累了大量的动物——都是经过挑选后花钱买下的，而不是流浪到这里，或者意外出生或被丢弃到这里的——内尔对他的这些选择没有任何发言权。于是她发现自己在为格拉迪丝的到来而辩解，仿佛是她本人经过深思熟虑之后出于原则决定收养它，哪怕实际上她已经在为自己的懈怠和缺乏骨气而后悔。

格拉迪丝坐着一辆租来的运马货车抵达，并轻松地倒退着走出了车厢。“来呀，我的老甜饼，”比莉说，“看！它是不是很美？”格拉迪丝顺从地转过身来，让大家看它。它的身体圆润厚实，相比躯干来说，腿有点太短。比莉说它有一部分威尔士小马的血统和一部分阿拉伯马的血统。它奇怪的体形也由此而来。这同时意味着它会很贪吃。威尔士小马就是这样的。比莉还专程陪它一起坐着运马货车来了。她给它买了一副新辔头。

这副辔头的费用和租车的费用都应该由内尔来承担，因为格拉迪丝现在属于她了。最初约定的肯定不是这样，但比莉认为从来都是。她似乎觉得她帮了内尔一个忙——送了她一件无价的礼物。她都没收她最初买马花掉的一百美元，也没算上她付出的时间。她还请了一个星期的假来帮内尔熟悉格拉迪丝。她特意提到了这一点。

格拉迪丝透过它长长的、皱巴巴的额毛看着内尔。它的眼神疲惫、茫然，但又流露着精明，仿佛嘉年华上的魔术师：它在打量内尔，想要看透她，盘算着该怎么对付她。然后它低下头，啃着一束草。

“绝对不行，淘气妞。”比莉说着，揪住辔头把格拉迪丝的头拉起来，“你可一点都不能惯着它们。”她对内尔说。她把格拉迪丝领到车棚的尽头，那里有一片用围栏圈起来的地方——本来是想养羊的，但内尔已经打消了养羊的念头——并把它绑在其中一根柱子上。“我们暂时让它待在这里吧。”她说。

比莉主动提出留在农场，直到格拉迪丝适应了新环境，于是内尔在曾经是后厅的地方把他们最近购置的可折叠沙发床准备好了。去年夏天内尔和蒂格试过在那里孵鸡蛋，他们按照孵化器附带的说明书上的指示，翻动鸡蛋并给它们喷水，但是出了点问题，孵出来的小鸡眼睛都是突出的，还没完全发育好的，它们胃部肿胀，皮肤上爆着蓝色血管，他们只能用铲子把它们都拍死并埋在屋后。结果豪尔又把它们挖了出来，反复好几次，然后它们又被猫咪们发现，带来了很不愉快的后果。内尔总是在意想不到的地方发现细小的爪子，仿佛这些小鸡像那些烦人的野草一样，是从谷仓院子里的泥土中长出来的。

内尔原本还在后厅的种植灯下放了一些西红柿苗，但她已经把它们移到了楼上的平台，为比莉为期一周的逗留做准备。

围绕格拉迪丝也有很多事情要做。需要装备。比莉贡献出了一些旧的养马工具——一把刷子、一把鬃毛梳子、一把蹄签——但马鞍必须得付钱，她才能出让。虽然是二手货，但内尔仍然觉得价格昂贵得让人透不过气。

“你需要英式马鞍，而不是西部式马鞍，”比莉说，“这样你才能学习成为一名真正的骑手。”事实证明，她的意思其实是用英式马鞍的时候你必须双膝夹紧，否则就会落马。内尔宁愿用西部式马鞍——她可不想从马背上倒栽葱下来——不过至少格拉迪丝的马背离地面不太远，因为它的腿很短。

马鞍皂必须涂在马鞍上并且用力揉搓才能起效，马具上的金属部件必须抛光擦亮。此外还需要一条马鞍垫，以及一根短马鞭和一些用来给格拉迪丝擦身的旧毛巾。每次运动之后都要像伺候打完一个回合的拳手那样给格拉迪丝擦身，比莉说，因为马是娇贵的动物，它们有可能染上的疾病种类数量惊人。

马具符合标准之后，格拉迪丝全身每一寸皮毛也要被仔细梳理一番。这项工作是由内尔完成的——因为她必须学会怎么做，不是吗？——当然是在比莉的监督下。灰尘和旧的毛发从格拉迪丝身上一团团刷下来，长长的白色马毛从它的鬃发和尾巴上脱落，飘到内尔身上。格拉迪丝耐心地忍受着这一切，甚至可能还乐在其中。比莉说它很享受——她似乎有一条渠道，能够连通格拉迪丝的思想。她特意花时间耐心地向内尔解释格拉迪丝的思想，好让内尔别做出任何可能会惊吓到格拉迪丝并导致它惊慌失措的事情。母鸡们有可能是危险的，晾晒衣物也是。内尔在房前的两棵苹果树之间挂了一根晾衣绳，因此那里变成了禁区。“它们讨厌有东西来回摆动，”比莉说，“它们的每只眼睛看到的画面不同，所以它们不喜欢突发事件。周围的景象从四面八方袭向它们，让它们非常不安。可以想象。”

她们找来了一个蹄铁匠——所幸比莉认识一个——为格拉迪丝修剪了蹄子，并安上了闪亮的新马蹄铁。它现在看上去活泼了一些，也更加兴致勃勃。它一听到内尔的声音，耳朵就转了过来，因为内尔总是会带来一根胡萝卜或者一块方糖——这是比莉告诉她的窍门。

“它必须跟你亲近，”比莉说，“你要对着它的鼻子呼气。”

然后，内尔还得尝试帮格拉迪丝把蹄缝里的碎石头抠出来。每天至少需要这样清理两次，比莉说，在骑上格拉迪丝之前和骑完之后也要清理，因为你永远不知道什么时候它的蹄子里会塞到石头。内尔害怕被踢，但格拉迪丝不介意有人帮它清理蹄子。“它知道这是为它好。”比莉说着，在格拉迪丝的屁股上捶了一下，“你说是不是，大屁屁？”虽然爱吃胡萝卜，但格拉迪丝在节食。比莉说，瘦下来有助于缓解它的气喘。每天骑着格拉迪丝出去跑跑很有必要：它需要锻炼，也需要让自己兴奋起来。马很容易感到厌倦，比莉说。

终于，到了尝试骑上格拉迪丝的时候。它的背上放好了马鞍，鞍带也被拉紧了。格拉迪丝把耳朵向后伸展，狡猾地斜眼看了一下。比莉飞身跨在鞍上，朝着格拉迪丝的侧臀踢了一脚，格拉迪丝就沿着道路慢步跑向了后面的田野。她们看起来很滑稽——显得头重脚轻。高个子的比莉骑在矮胖的格拉迪丝身上，格拉迪丝粗壮的小短腿在身下呼呼作响，像是打蛋器一样。

过了一会儿，比莉和格拉迪丝回来了。格拉迪丝气喘吁吁，比莉面色潮红。“看来有太多人骑过它，”比莉说，“它很不听使唤。我敢说它以前一定被当成过游乐项目，被小孩子们骑。”

“你什么意思？”内尔问。

“它的小动作一大堆，”比莉说，“都是坏习惯。它会挨个在你身上尝试，所以你要小心。”

“小动作？”

“你只要坚持骑着它就行，”比莉板着脸下马，“一旦它知道你要跟它杠到底，就不会再继续胡闹。你真是个坏丫头。”她对格拉迪丝说。格拉迪丝咳嗽了几声。

内尔第一次尝试着骑上格拉迪丝时，就明白这些小动作是怎么回事了。比莉在旁边跟着她们跑，大声提醒着。“别让它靠近围栏，它想要把你蹭下去！让它离树林远一点！别让它停下来，给它一脚！把它的头拉起来，不能让它吃那个！它咳嗽你也不要理它，它这是故意的！”

虽然格拉迪丝跑得并不是非常快，但内尔还是紧紧夹住双腿，拼命遏制住向前俯身并抓住格拉迪丝鬃毛的冲动。她幻想过格拉迪丝像电影里那样高高抬起两条前腿或者踢起两条后腿的样子，而且无论如何结果都一样——内尔都会被高高抛出去，一头扎进灌木丛。但类似场景并没有发生。在道路尽头，格拉迪丝停住了脚步，喘着粗气，内尔居然让它掉转了方向。然后——格拉迪丝回过头，投来一个难以置信但又不甘心的眼神——她们又把这次非常罕见的和谐旅程重复了一次，回到了出发的地方。

“干得漂亮！”比莉说，“好姑娘！”她夸奖的是格拉迪丝。“看到没？你必须严格要求它。”她对内尔说。

一周结束时，比莉闷闷不乐地离开了，因为格拉迪丝并没有对自己的救命恩人表示出足够的感激——比莉把它的头绑在柱子上作为节食措施的时候，它咬了比莉的屁股。比莉刚离开农场，格拉迪丝和内尔就达成了一种默契。的确，每次内尔拿着鞍带走来时，格拉迪丝就会开始喘气，但一旦戴好了马鞍，它就会想到，这次苦差结束后也许能得到一根胡萝卜，并随即安定下来，然后她们就跑向后面的田野——总是同样的路线。她们避开了碎石路面——她们都不喜欢卡车——也绕开房前，因为那里晾着衣服；她们不会横穿田地，因为那里隐藏着土拨鼠洞。每一次骑行时，内尔的大部分时间都在试图让格拉迪丝听话，而剩下的时间则让它做它想做的事，因为内尔也很好奇它想要做什么。

有时，格拉迪丝在慢跑中突然想要停一下，为了看看内尔会不会掉下去。有时它想安静地站着，摆着尾巴叹息，仿佛已经极度疲惫；有时它想慢慢地跑个大圈；有时它想吃野草和路边的苜蓿——这时内尔就会干涉；有时它想到牧场的围栏边看看羊和牛，还有那些已经习惯睡在它宽大舒适的后背上的猫。

内尔和格拉迪丝共处的时光相当愉快。这是一个阴谋，一个双重伪装：内尔假装是一个正在骑马的人，格拉迪丝假装是一匹正在被骑的马。

有时，她们不想慢跑或小跑。她们在阳光下懒散地踱着步，漫无目的。在这样的时候，内尔就会跟格拉迪丝聊天，这好过跟豪尔那个白痴聊天，也好过跟母鸡或猫聊天。格拉迪丝只能听着，它逃不掉。“你觉得呢，格拉迪丝？”内尔会说，“我该生个孩子吗？”正在路上蹒跚而行的格拉迪丝会叹着气把耳朵转到声音传来的方向。“蒂格不确定。他说他还没有准备好。我是不是干脆生一个就好了？他会生气吗？这样会不会毁掉一切？你觉得呢？”

格拉迪丝会咳嗽。

内尔更愿意与她的母亲聊这些，但她的母亲不在。而且无论如何她或许也不会比格拉迪丝多说什么。她应该也会咳嗽，因为她会表示反对。内尔和蒂格——毕竟——还没有结婚。如果蒂格没办法离婚，他们又怎么可能结婚呢？

但如果内尔的母亲知道了格拉迪丝，或许她就会到农场来的。很久之前，她的母亲曾经非常喜欢马。她曾经拥有过两匹自己的马。有没有可能，如果把格拉迪丝当作诱饵吊在她的面前，她可能会克服她对蒂格、对内尔、对他们两人不正当的生活安排的保留意见呢？她不会受到诱惑吗？难道她不渴望骑在格拉迪丝的后背上，让它迈开小马驹般的双腿，以打蛋器一样的频率，带着她到后面的田野中去漫步一番吗？哪怕是为了重温旧日时光呢？她难道不想知道内尔如今——并最终难以置信地——终于爱上了她曾经深爱过的活动吗？

或许吧。但内尔无法知道。她和母亲其实不常说话。但她们也不是完全不说话。在她们之间，沉默已经取代了说话的位置，并成为另一种形式的说话。在这样的沉默中，语言被停止使用。它包含了许多问题，没有明确的答案。

随着春去夏来，蒂格和内尔的客人也越来越多，尤其是在周末。这些人都是开车到城外散心时刚好路过，就顺便过来打个招呼的，然后他们就会被邀请留下来吃午饭——蒂格喜欢即兴准备出丰盛的午餐，包括大桶的汤和大块的奶酪，还有内尔自己烤的面包——这一天就这样继续下去，饭后客人们会到后面的田野散散步。但他们不可以骑格拉迪丝，因为内尔说，它对陌生人很没礼貌，但实际上是她对它产生了占有欲，她想让格拉迪丝完全属于自己。然后蒂格会建议他们不妨也留下来吃晚饭，再然后他们就会因为天太黑或时间太晚或者他们喝了太多酒而无法开车回城，并最终在后厅的沙发床上留宿，如果客人有很多位——他们就会各处找地方睡，一些人会睡在泡沫床垫或沙发上。

早晨，他们吃早餐——特色菜是蒂格做的小麦胚芽煎饼——吃完后会围坐在一起，说着乡下的生活多么安逸，而内尔和蒂格则忙着收拾碗碟。他们可能会站在他俩旁边垂着双手，嘴上问是否有什么可以帮忙的——内尔还记得曾经她自己也是这副样子的时候——内尔或许会派他们拿上一个垫着茶巾的篮子去鸡舍里捡鸡蛋，这让他们兴奋不已。或者她会让他们去花园里除草。他们会说亲手干些农活是多么疗愈的事情；然后他们会深呼吸，仿佛刚刚发现空气的存在；然后他们会再吃一顿午饭。他们离开后，内尔会把他们用过的床单和毛巾洗干净，晾在屋外的绳子上，让它们在苹果树之间的阳光下飞舞。

来农场的客人大多是夫妻同行，不过内尔的小妹妹莉齐会独自前来。她来的频率与她人生中的麻烦相关：如果麻烦很多，她就会来；麻烦不多，她就不来。

这些麻烦都是关于男人的，她的人生中已经有过一些男人。这些男人表现得很差劲。内尔听莉齐讲述着他们的漫不经心、自相矛盾和背叛，以及她自己的缺点、瑕疵和错误。她参与了破译男人们无心之言的任务——她们认为这些无心之言往往含有刻薄和伤人的意思。然后内尔会站在莉齐一边，谴责那些男人不配。这时莉齐就会改变立场替他们辩护。这些男人都很出色——他们聪明、有才华，还性感。实际上他们都很完美，只是爱莉齐爱得不够。内尔有时会想，多少才算是够？

莉齐是在内尔十一岁那年出生的。她曾经是个焦虑的婴儿，然后是个焦虑的小孩，然后是个焦虑的青少年，但现在她已经二十三岁了。内尔希望这种焦虑很快就会消退。

正是莉齐的焦虑导致她对待男人挑挑拣拣，要剥开他们冷酷无情并带有瑕疵的表象，直抵他们纯洁无瑕的本质——去找到她坚信深深隐藏于某个地方的优秀善良的心，就像挖掘松露或开发油井一样。长远来说，男人们似乎并不享受这个被剖析的过程。但是没人能阻止莉齐这样做。她会持续下去，直到有其他男人出现，那么之前那个男人就变成了回忆。

莉齐和内尔有着相同的鼻子，她们都有咬指甲的习惯。除此之外，两人有很大的不同。内尔的外表与年龄相符，但莉齐有可能被误认为是个十四岁的孩子。她很瘦，长相精致，有一双蓝绿色绣球花一样的大眼睛。绣球花是她很喜欢的一种花，她还有一长串喜欢的花的名单。她喜欢花瓣小的花。

她觉得内尔和蒂格应该在农场里种些绣球花。除此之外，她还有其他的种植建议。

莉齐喜欢这个农场。这儿的某些方面让她着迷——苹果花、沿着围栏生长的野李子树、池塘边翻飞的燕子。在一个好天气里，内尔和莉齐在后门外坐着制作冰激凌。冰激凌机的内胆是电动的。她们从屋里拉出了一根延长的电线。冰激凌机的外胆里塞着碎冰和岩盐。一些猫咪在远处看着，它们知道这件事跟奶油有关。豪尔曾上前探看，但被机器发出的轰鸣声吓到了，于是呜咽着退到了一边。

至于格拉迪丝，它在谷仓院子围栏的另一边盯着她们。它现在住在谷仓的院子里了，因为内尔觉得绵羊和奶牛可以跟它做个伴。一开始它还龇着牙、咧着嘴，尾巴竖得直直的，在场院里追逐恐吓着羊群四处乱跑，过了不久，它就把它们看作一群毛茸茸的小马，让它们唯它马首是瞻。而那群羊也接受了它这只又大又秃的领头羊，还跟着它到处跑。它还对付了奶牛，它偷偷摸摸地接近它们，然后咬它们，来挫败它们企图垄断食物供应的笨拙图谋；内尔甚至亲眼看到它踢了它们一次。这些行动以及它们给它的表态机会让它的心态得到了不可估量的改善。它现在相当活泼，就像一个过着乏味生活的家庭主妇刚刚死了丈夫，正在开发指甲油、美发厅和宾果游戏的乐趣。它也不节食了，事实证明内尔心太软，不愿意强迫它。

“这不就是正常的生活吗？”内尔说，她指的是冰激凌、猫、狗、从栏杆上看过来的格拉迪丝——满眼的田园风光。她实际的意思是家庭生活。

“这里的空气真好，”莉齐说着，深吸了一口气，“你应该永远住在这儿。你甚至不必非得进城去。你打算什么时候把那台生锈的老机器扔掉？”

“那是草坪雕塑。那倒合了他们的意了，”内尔说，“他们再也不用见我了。”

“他们会克服的，”莉齐说，“反正他们像是生活在中世纪。那是个耙子吗？”

“他们可能会喜欢格拉迪丝。”内尔带着希望说。

“重点不在格拉迪丝。”莉齐说。

内尔想到了这一点。“就它自己而言不是，”她说，“我觉得那应该是个圆盘耙，另一个是拖耙。”

“他们不会喜欢豪尔。”莉齐说，“他们会觉得它太懦弱了。你需要一辆生锈的老爷车。”

“我们有一辆，一直在开，”内尔说，“它的智力有缺陷。不过我能明白他们的出发点。现在一切都不一样了。他们不习惯。”

“那是他们的问题。”莉齐说。虽然她自身也很脆弱，但如果牵涉到其他人，尤其是对内尔有伤害的其他人时，她会很强势。

莉齐和内尔聊天时，两人经常会从意识流里省略掉一些词，因为她们知道对方能在脑子里补全自己的意思。他们是指她们的父母，按照他们的规矩——在莉齐看来老套又假正经的规矩——只有轻贱不自爱的女人才会做出与已婚男人同居这种事。

莉齐是个联络员。有两件事被她当成使命，一是让父母放心内尔没有患上什么致命的疾病而濒临死亡，二是告诉内尔现在让父母和蒂格见面的时机未到，虽然莉齐已经有保留地接受了蒂格。父母先得进入二十世纪。莉齐会判定他们何时算完成了这件事。

让她来判定这件事本身就太有意思了，内尔想。她已经当了太多次接受判定的一方。她可能已经跟他们谈论过我。我和我恶劣的行为。现在我反而变成了家里那个惹麻烦的孩子。

“克劳德还好吗？”她问。克劳德是莉齐现在的男人。他经常不在，外出旅行，并且不知道什么时候回来。他现在就不在，而且已经逾期一周未归。

“我的消化系统出了点问题。”莉齐说。她的实际意思是，我感到非常焦虑，因为克劳德。“我想我有肠易激综合征。我必须去看医生。”

“他真的需要成熟起来。”内尔说。

“我的意思是，他可能会死什么的，”莉齐说，“他想不明白。”

“你们在聊什么？”蒂格从房子的拐角走过来说，“冰激凌做好了吗？”

“你。”内尔说。

下个周末莉齐又来了。“你的肠易激综合征怎么样了？”内尔问她。

“医生查不出什么，”莉齐说，“他让我去看心理医生。他认为是心理因素。”

内尔认为这并不完全是个糟糕的主意。也许心理医生有办法应对焦虑、危机和有关男人的烦恼，帮助莉齐找到一些方向。

“你打算去吗？”她问，“去看心理医生？”

“我已经去过了。”莉齐说。

几周后，莉齐又来了。她没说太多，似乎心事重重。早晨很难叫醒她。大多数时候她都很疲倦。

“心理医生让我吃一种药，”她说，“说是有助于缓解焦虑。”

“有效果吗？”内尔说。

“我不确定。”莉齐说。

她说她最近也没有去看望过她们的父母。她没顾上。她似乎不再关心父母对内尔和她不道德的生活方式的看法，她曾经对这件事是非常感兴趣的。

克劳德已经离开了，可能永远不回来了。莉齐表达了对他的愤怒，但语气中有种奇怪的疏离。没有新男人出现。她似乎也不在意。她看起来已经搁置了她几周前刚制订的计划——在秋季重返校园。她当时对此相当兴奋，而且充满希望。那会开启一个全新的篇章。

内尔有点担心，但决定再等等看。

之后那个周末，莉齐又回来了。她步履僵硬，还有点流口水。她的脸上没有表情。她说她感觉很虚弱。她还辞掉了她在体育用品商店的临时工作。

“莉齐真的有些不对劲。”内尔对蒂格说。她不知道是不是后厅里的某些恶性气场——就是曾经把孵化中的小鸡搞成那副样子的同一种气场——是否也在影响着莉齐。附近的农民近乎随意地透露过这座农舍闹鬼：这就是蒂格和内尔把它买下之前，它已经挂牌出售了那么久的原因，有常识的人早都知道了。

内尔并不完全相信这种闹鬼的现象，也没有看到任何直接的证据。不过，大狗豪尔不愿意进入那个房间，有时还对着它吠叫。但这本身并不能证明什么，因为它的恐惧症不计其数。住在附近的罗布林夫人说，以前有些小孩从墓地里偷过一块大理石墓碑到那栋房子里，用来做拉花太妃糖，那么干真糟糕：鬼魂可能就是这么进来的。罗布林夫人被视为这类事情的权威，她总是会小心地在宴会上不邀请第十三位客人，而且据说只要有暴力致死的事件发生——无论是车祸、雷击，还是拖拉机翻车压死司机，她都能从楼梯上闻到血腥味。

罗布林夫人让内尔在桌子上摆好一顿过夜的饭菜，好让鬼魂知道它很受欢迎。（内尔觉得自己很蠢，因为去年冬天一次暴风雪期间，当一切变得有点过于黑暗和不祥时，她真的这么做过。她放了一片火腿和一些土豆泥，觉得鬼魂可能会喜欢这些东西。但豪尔不知怎么溜了进来，吃掉了这些贡品，还打翻了内尔放在旁边的一杯牛奶，所以，留下一顿饭可能也起不了什么作用。）

传闻中的鬼魂会不会已经附在莉齐身上了？但这样的想法很可笑。不管怎么说，现在夏天来了，这栋房子看起来终于不怎么像闹鬼的样子了。

“一定是药。”蒂格说。

他们两人对那个药都不太了解。内尔决定给那位名叫霍布斯的心理医生打个电话。她给他的秘书留了一条口讯。几天之后，霍布斯医生回了电话。

谈话的内容令人非常不安。

霍布斯医生说，莉齐患有精神分裂症，因此他让她服用了一种抗精神病药物。这种药会抑制她的一些精神病症状。他本人每周会跟她面诊一次，但她必须提前打电话确定时间，因为他非常忙，需要费上好一番周折才能挤出时间给她。莉齐可以开车到城里来复诊，治疗她无法适应现实生活的问题。同时，霍布斯医生说，莉齐没有能力保住工作、上学或生活自理。她得与内尔和蒂格住在一起。

为什么不能和内尔的父母住在一起？内尔待呼吸平复之后问。

“她更愿意和你住在一起。”霍布斯医生说。

内尔对精神分裂症一无所知。在内尔看来，莉齐根本没有疯，只是有时候非常悲哀和绝望，但也许那是因为内尔已经习惯了她的样子。她记得她和莉齐有几个不太正常的叔叔，所以有可能是遗传。但话说回来，每个人都有不正常的叔叔；或者说很多人都有。

“你怎么知道莉齐有精神分裂症？”内尔问。她想坐下来，她觉得胃里不舒服，但电话在墙上，线又太短。

霍布斯医生傲慢地笑了。我是专业人士，他的语气暗示着。“因为她语无伦次。”他说。

“什么叫语无伦次？”内尔说。

“她说话时前言不搭后语。”医生说。内尔从来没有注意过这一点。

“你确定吗？”她说。

“确定什么？”霍布斯医生说。

“她确实有你说的这种症状。”

医生又笑了起来。“如果她不是精神分裂症患者，那她吃的这些药会让她没命的。”他说。然后他又让内尔不要跟莉齐提起任何关于诊断的事情。这是个微妙的话题，需要小心处理。

过了一周，内尔又给他打了电话。电话很难打通——她留了好几条口讯——但她坚持要打，因为莉齐的状态越来越令人担忧。“她那样走路又是怎么回事？”她问。她注意到莉齐的手已经开始发抖。霍布斯医生说，身体僵硬、流口水和发抖正是莉齐的病状——所有精神分裂症患者都有这些症状。莉齐只是到了这些症状开始呈现的年龄。一个人可能一开始看起来完全正常，但到了十几岁或二十几岁时，精神分裂症就出来了，就像那些有毒的花朵。

“这种状态还会持续多久？”内尔问。

“一辈子。”霍布斯医生说。

内尔感到浑身发冷。虽然莉齐过去也有过一些状态不好的时期，但内尔从来没有想到会发生这样的事。

莉齐睡下后，她跟蒂格谈了谈目前的状况。被一个有精神病的亲戚拖累，他会作何感想？

“我们能应付的，”他说，“也许她会好起来。”内尔对他非常感激，几乎哭了出来。

在接下来的几个月里，内尔还需要了解很多事情。莉齐的身体如此僵硬，手又抖成那样，怎么能放心让她继续开着车——蒂格的那台老式雪佛兰——在城里和农场之间往返？但霍布斯医生——他的语气越来越不友好了，他似乎认为内尔是在纠缠他——说没关系，莉齐完全有能力开车。

他还说他还没有把真实的病情告诉莉齐，因为她还没有准备好接受。她对一个叫克劳德的男人产生了幻觉，他说；她确信克劳德已经死了。而且她提到他的时候有自杀倾向。但他可以保证，短期内她不会自杀。

“为什么不会？”内尔问。她曾以为我要杀了我自己只是莉齐说话的一个特点，她也一样。现在看来她一直是错的；但她仍然感到异常平静。她已经习惯听到霍布斯医生口中不停地讲出的种种噩梦。

但霍布斯医生似乎误会了她的身份：他似乎认为她和蒂格是莉齐的父母。内尔认真解释了他们实际的关系，但每次她与他交谈时，都得再次提醒他。

与此同时，莉齐真正的父母——也就是内尔的父母——已经陷入惊愕。不过他们又和内尔说话了，或者至少她母亲是这样。“我不知道该怎么办。”她会说。那是一种恳求——*不要把她送回这里！*就好像莉齐做出了一些可耻的、不可告人的行为——某种介于社交性失礼和犯罪之间的行为。

然后内尔的母亲会哀怨地问：“她什么时候才能好起来？”好像内尔有什么特殊的洞察力一样。

“医生肯定知道该怎么办。”内尔会说。她仍然相信任何拥有医学学位的人都一定知道他们在做什么。她需要相信：她努力让自己相信。“你应该到农场来看看我的马，”她补充说，“你喜欢马。它的名字叫格拉迪丝。你可以骑上它跑一跑。”但是莉齐的困境似乎让她的母亲极为不安。

内尔自己也不怎么骑格拉迪丝了，因为她怀孕了。她不想从马背上摔下来失去胎儿，像小说里写的那样。不过，她还没有把怀孕的事告诉蒂格。

如果孩子出生后莉齐还是老样子，那该怎么办？她怎么才能应付？

此时已是九月。内尔试图让莉齐帮她做泡菜，但没有用：

莉齐太疲倦了。内尔在她面前放了一碗红醋栗，让她把茎择掉——这个难度不大——但莉齐似乎还是做不到。她坐在桌前，两眼空空地盯着前方，把她择好的很小一堆醋栗推到一边。

“他不喜欢我，”她说，“那个医生。”

“他为什么不喜欢你？”内尔说。

“因为我没有好起来。”莉齐说。

蒂格也私下做了研究。“那个人的说法没道理，”他说，“就算你不是精神分裂症患者，这些药也不会致命的——怎么可能会致命呢？真那样的话，那得有很多尸体需要解释了。”

“但他为什么要这样告诉我们？”内尔说。

“因为他是个骗子。”蒂格说。

“我认为我们需要找别的医生看看。”内尔说。

* * *

他们新找到的这位医生是抗精神病药物方面的专家。“莉齐不应该用这种药，”她告诉内尔，“我要让她停药。”僵硬、颤抖、虚弱——这些绝不是病状，而是药物本身产生的副作用，一旦这些药物从莉齐的身体系统中排净，症状就会消失。

不仅如此，莉齐服用了这么大的药量，是绝对不该允许她开车的，新医生说。她手握方向盘的每一分钟都有生命危险。

“如果我在街上遇到那个变态，我会冲他开枪，”内尔对蒂格说，“如果我有枪的话。”

“还好你不知道他长什么样。”蒂格说。

“我打赌他以为我们是乡巴佬，”内尔说，“因为我们住在农场。我打赌他觉得他跟我们说什么老掉牙的话我们都会相信。”事实上的确如此，他们确实相信了。“他一定认为我们像一麻袋锤子一样笨。我不知道他自己信不信，如果他真的信，那他就是个疯子！”

“乡巴佬？”蒂格说，“你是从哪儿把这个词挖出来的？不过咱们倒是有配合这个词使用的农业机械！”然后他们一起大笑起来，拥抱在一起，内尔把怀孕的事情告诉了他，一切都平安无事。

新的转折让内尔感到极大的宽慰——她后半辈子不需要照顾一直流着口水、走路蹒跚的莉齐了——但她也感到一丝恐惧。莉齐不会再回到她接受霍布斯医生治疗之前的样子，她的这段行尸走肉般的经历会改变她。她现在会变成另一个人，一个谁都不认识的人。而且，内尔心里清楚，莉齐会认为内尔的行为是一种背叛。而且莉齐是对的——那确实是背叛。如果内尔是那个所谓的精神分裂症患者，莉齐绝不会容忍霍布斯医生和他有害的胡言乱语超过两秒钟。

“你为什么不把他的想法告诉我？”莉齐对内尔说。她已经停掉了镇静剂，现在变得很愤怒。“你应该问我的！我当时就能告诉你我没有精神分裂症！”

一旦你认为某个人精神不正常，你就不会相信他们说的话，尤其是关系到他们自身精神健康的时候，但现在说这些毫无用处。所以内尔没有这么说。

“他告诉我你语无伦次。”内尔心虚地说。

“他告诉你我什么？”

“他说你说话没条理。”

“扯淡！我跟他说话的方式和跟你一样！”莉齐说，“我们会跳过一句话的中间部分，你知道的。他只是很难跟上我。他不能从A直接跳到C！我得掰开揉碎地跟他讲。他纯粹是个原装的傻子！”

“他一定经历了某种精神崩溃，或者别的什么，”内尔说，“才能这么……这么不专业。”以及充满恶意，她想补充。蒂格的观点是，霍布斯医生一直在秘密为中情局做药物实验，这个想法在当时听起来过于牵强。

“反正，他把我的生活搅和得一团糟，”莉齐板着脸说，“我损失了很长一段人生。真是太混蛋了！”

“没有很长。”内尔安慰地说。她指的是很长一段人生。

“你说得轻巧，”莉齐说，“你没经历过。”

*　*　*

他们认为，在想出别的办法之前，莉齐应该继续住在农场。首先，她身无分文。被霍布斯医生祸害之前她曾经打算回学校读书，但今年回去已经来不及了。

她每周去见一次新医生，主要谈家庭问题。她在农场周围长时间散步，还精力充沛地在果菜园里挖洞。她对蒂格和内尔讲话不多，但和格拉迪丝交上了朋友。她不骑着它，但会和它一起在谷仓的院子里跑，奶牛们闪到一边让他们通过，绵羊们跟在后面。她夏天时的懒散已经被一种蓬勃的能量所取代。

孕肚已经非常明显的内尔透过窗户看着他们，有点羡慕：会有很长一段时间她都不能像他们那样奔跑跳跃了。然后她又继续揉起面包团，让自己沉浸在柔软的曲线、舒适的温暖与平静的节奏中。她认为她们都已经脱离了危险，她认为莉齐没事了。

然后，在十月一个清冷的夜晚，莉齐把吸尘器的软管连接到汽车的排气管上，从车窗伸进车内，并发动了引擎。

蒂格听到引擎转动的声音，出去查看。他说，当他找到她时，莉齐已经关掉了引擎，只是在车里坐着。他说这是个好兆头。他不得不叫醒内尔，把发生的事情告诉了她。这种时候她怎么还能接着睡觉呢?

控制住自己的情绪后，内尔穿着睡衣下了楼，外面还披上了蒂格的一件旧毛衣。她觉得浑身发冷。她的牙齿在颤抖。

莉齐和蒂格已经坐在厨房的桌子旁喝着热巧克力了。“你为什么要这样？”内尔终于能够开口问莉齐。她吓得浑身发抖，还夹杂着一种后来她才意识到是愤怒的情绪。

“我不想说。”莉齐说。

“不，我是说，你为什么要这样对我？”

“你能应付的，”莉齐说，“你什么都能应付。”

那天并不是格拉迪丝跑掉的同一个晚上，但内尔记成了同一个晚上。她似乎无法把这两件事分开。她记得豪尔在吠叫，虽然它不太可能有这么合适的表现。她还记得那天的满月——秋天里冰冷的白色满月——这是另一个可能是她自己杜撰出来的气氛细节。但满月应该也很合理，因为那个时候的动物更活跃。

引发悲剧的是那群奶牛，它们又发动了一次定期的越狱行动。它们又把围栏撞倒，然后跑到离它们最近的其他奶牛那里去了。而格拉迪丝则跑到了两英里外的柏油公路上。它一定是厌倦了它的小小王国，它一定是厌倦了对羊群的统治。而且，内尔没能给予它足够的关注。它想要一次冒险。

它被一辆车撞死了。司机喝了酒，车速很快。当他飞驰着翻过山顶，看到一匹被月光照亮的白马就站在他面前时，一定大为震惊。他自己只是受到了惊吓，但他的车已经撞得不成样子。

内尔为格拉迪丝感到非常难过。她觉得内疚和悲伤。但她不想沉溺于这些感受中，因为它们会导致令人不安的化学物质在她的血液中循环，而这可能会影响到胎儿。她听了很多莫扎特的弦乐四重奏，试图保持愉快的心情。

第二年秋天，她在房前种了一片水仙，作为对格拉迪丝的怀念。水仙每年都会开花，而且生长良好，并不断蔓延。

它们还在。内尔知道，因为几年前她为了再去看看它们，又开车路过了那座农场。具体是什么时候呢？应该是莉齐结了婚，摆脱了伤痛，开始沉迷家庭烹饪之后不久。不管是什么时候，都是在春天，有水仙花开放，现在已经有几百朵了。

农舍的外观也不再破旧。它看起来宁静好客，还带着点呆板。苹果树之间不再有晾晒的衣物飘舞。生锈的农业机械已经消失。房子的护墙板已经被重新粉刷过，是一种时尚的先锋蓝色。大门两侧各有一个花盆，里面种着灌木——应该是杜鹃花，内尔想。如今住在这里的人无论是谁，都更喜欢整洁。

9

鬼魂

The Entities

莉莉是房产经纪人，但她的形象与之严重不符。她一点都不犀利、时髦或轻快，而且她比她见过的年纪最大的房产经纪人还要大上二十岁。她的车——一辆总是一尘不染的白色福特——也不是最近的款型。她小心翼翼地开着它，像坦克炮台里的人那样从方向盘上方探头观望。

她越来越胖，两只脚也开始疼；她上下楼梯时会有点气喘。但她仍然不顾这些不便，亲自爬上爬下她所展示的每栋房子的楼梯。“呸，”她会侧着身子下到地下室，然后说，“别看了，就是他们的洗衣房。炉子，你可以买新的。你要重新布线，我们最少能从底价中再扣掉一两千美元，至少这里挺干燥。”她会沿着楼梯攀上阁楼——中间不时停下，大口喘气——去检查石膏板上的裂缝。“你装个天窗，把这些墙打掉，听我说，这里就是个单独的空间。那边不用看，是一堆垃圾。壁纸嘛——就是壁纸而已，你懂我的意思吗？”

她会说：“有些人的日子过得呀——像猪一样！那不是什么正经人。但你会让它焕然一新——变成一座不一样的房子，让你自己都认不出来！”她相信这一点——只要抱着巨大的信心并付出一点努力，连猪圈也能被改造成一个美好的地方，或者至少是适合居住的地方。一个比以前的样子好得多的地方。

她专门代理市中心冷门街区的小型房屋——维多利亚式联排老屋或者又暗又窄的半独立式砖房，业主都是葡萄牙人，他们在门廊上安装了锻铁栏杆，再之前的业主是俄罗斯人或匈牙利人，再之前是谁呢？这些街区都是临时落脚点——人们下船之后先在这儿住下，然后再搬到别的地方。曾经是这样的。如今，年轻夫妇正在寻找这种地方——这种便宜的地方。搞艺术的人也在找。

这种人——莉莉管他们叫皮皮人——这种人需要有人手把手地帮助他们谈妥一个合适的购入价格，因为他们不太务实，不会看炉子，会被卖家占便宜。莉莉会把价格谈到最低，哪怕这样她自己的佣金也会减少，因为钱算什么呢？交易完成后，她会给年轻的艺术家们送上一份贺礼，是满满一大碗她自己做的饼干——是那种米色的欧式硬饼干。这些艺术青年着手修整房子时，她会追踪房子的改变。这些人是如此有活力，他们有自己的想法；看着他们撕掉沉闷的墙纸，去除霉菌、长久弥漫的气味和旧日的污点，并创造出其他东西——比如一个工作室，他们总是需要这样的空间，如果有车库，他们会用车库来改造——总是让人开心。然后他们会用她自己不会选择的颜色粉刷墙壁，往往有些令人瞠目，但她喜欢某种类型的惊奇。好的惊奇。“你永远想不到。”她说。多让人愉悦啊！

但她自己并不能接受这样的一座房子。这种房子太拥挤，太暗，太旧。她在北边有一栋现代的房子，有大片的采光窗，有她收集的粉色瓷器小雕像，还有一条宽阔的车道。

莉莉晚年才进入房地产行业。很久前，她还是个年轻姑娘，她跟一个好男人结了婚，然后生了个孩子；这些都发生在另一个时代，在大洋彼岸。但是之后纳粹就来了，她被关进了集中营，她的丈夫被关进了另一座集中营，孩子不见了，再也没有找到。但莉莉熬过来了，不同于绝大多数人；而且战争结束后，她还奇迹般地找到了她的丈夫，他也熬过来了，这是一种福气；之后他们又生了两个孩子，然后搬到了加拿大的多伦多，在这里你不需要经常担惊受怕。这城市有这样一个名字，多伦多——听起来像意大利语，虽然这个词根本不是意大利语的单词，而且这里的冬天很漫长；但人总是能适应环境，莉莉也是。

孩子们长大了，他们是好孩子，让人格外知足，他们很孝顺她，后来她丈夫死了。莉莉没提起过他，但她把他的西装保存在柜子里；她舍不得把它们送给别人。对她来说，死亡并不是一个绝对的概念。有些人比其他人死得更彻底，说到底，谁死了谁还活着，是个见仁见智的问题，所以最好还是别讨论这种事情。同样，她也没提过关押她的集中营，还有那个丢失的孩子。为什么要提？提了又能怎样呢？谁会想听？无论如何，她比大多数人都要幸运。她太幸运了。

她鼓励她客户里的年轻夫妇，聆听他们的烦恼，为他们加油打气，并告诉他们，当他们因为堵塞的下水道或者木材干腐病或者木蚁等问题感到沮丧时，或者想避免电线接错导致的短路时，他们应该去找谁。如果他们有孩子，她会对他们的孩子感兴趣，如果他们离婚了，她也会对他们的离婚感兴趣。她一直和他们保持联系。当他们要卖掉现在的房子并购买另一处房子的时候——比如飞黄腾达了，可能要换一间更大的工作室了——她总是他们咨询的对象。

但是，她不参加暖房派对[1]。她不能参加聚会。聚会让她感到悲伤。她会送去一碗她做的饼干，并在印花的信笺上写出美好的贺词。他们值得拥有这样的房子，她会这样写。他们是好人。他们应该享受它。她为他们感到高兴。她祝愿他们一切都好。

当内尔和蒂格计划从乡下搬来时，他们通过朋友的介绍认

1 国外庆贺乔迁之喜的派对活动。

识了莉莉。莉莉总是会这样被某一对年轻夫妇介绍给下一对。“她不会试图向你推销你负担不起的东西，”这是他们的说法，“你们可以告诉她你们的具体需求，她就会明白。”

第一次见面时，内尔发现自己在莉莉面前滔滔不绝。是莉莉令人愉快的脸和让人安心的气质使然。内尔略为概括地说，虽然他们很爱那个农场，但他们真的需要搬家了，是时候了，他们住在那里的时间太久，环境有了变化，所有他们认识的老住户都不在了。听到这里，莉莉点了点头。不仅如此，那里还发生了太多起入室抢劫，在她家对面的一栋房子——一位退休教师的家——被两个开着货车的男人彻底搬空了。你没有安全感。

“那些都不是正经人。”莉莉说。

“他们盯着你的房子，”内尔说，“他们知道你什么时候不在家。”而且无论如何，内尔和蒂格还有个快到学龄的孩子，每天都要坐两个小时的公交车；而且无论如何，那座房子总是阴森森的，当地人说里面有鬼，虽然内尔本人从没看见过什么，但她有感觉；而且无论如何，到了冬天，那座房子里很冷，它已经一百五十岁了，从来没有经过适当的保温设计，车道上堆满积雪。

“你不需要过这种日子的。”莉莉说。她雇了个人帮她铲雪。她的车道上总是干干净净的。你得住在城里才能找到帮你铲雪的人。

而且蒂格的身体也大不如前了，内尔说。因为房子不保暖，他总是咳嗽，这一切对内尔来说成了很大负担，她应付不来。“奶牛逃跑了，”她说，“它们想和其他的奶牛在一起。所以如果蒂格不在，就只剩我了。”

莉莉点了点头，她明白：像内尔这种年轻而忙碌的母亲，你没法指望她去处理那些逃跑的奶牛。“你不用担心，”她说，“我们会找到完美的房子。”内尔立刻感觉好多了。莉莉会把事情处理好。

当时房产市场正热，但莉莉竭尽全力，内尔和蒂格最终在唐人街边缘的艺术馆附近找到了一栋相当不错的联排房。房子已经翻修过了，所以还不错，从当时的状况来看，比不错还要好；状况主要指的是经济上的：这栋房子是他们负担得起的。除了有蟑螂从两边爬进来之外，这栋房子真的很好。内尔在踢脚板上放了黄瓜皮和硼砂：熏蒸除虫没有作用，除了有毒之外，一旦失效，蟑螂还会重新跑进来。

在那栋房子里住了一两年后，莉莉认为内尔和蒂格又该搬家了。“你们需要更大的房子。”她告诉他们，她说得对。她把他们的房子卖了个好价钱，把他们换到了更北边的区域。二十世纪七十年代遗留下来的橙色长毛地毯只是地毯而已，她带他们看房时说。他们没必要关注到处都是的盘子架，那些都可以拿掉，也不要在意那些灯具。房子里有三个壁炉，壁炉不是垃圾，而且墙壁很结实，房子有着很多人梦寐以求的宽敞空间，而且有些木制品是原木的，这类细节很重要。

内尔和蒂格很高兴：现在他们会拥有一个后花园，还有一个已经完工的地下室——呃，完工一半，粘在水泥地面上的室内外两用地毯已经发霉，可以拆除——而且这栋房子四面有窗：联排房的窗只限于前后两面。交易完成的那天，莉莉送给他们一个蓝橙相间的大碗，里面装满了她亲手做的饼干。

每当内尔发现自己有了烦恼——不一般的烦恼——时，莉莉是她唯一能够与之倾诉的对象。她的烦恼是关于房子的，但也是关于人性的。这件事她不能和蒂格商量——他会变得过于焦虑，而且有些导致她烦恼的人性和他有关。但莉莉这一生一定见识过很多的地窖、阁楼和人性。她一定知道房子是有力量的，人们会被房子搅动心绪，房子能够带来出乎意料的感受。无论内尔告诉她什么，她都不会震惊或沮丧：她之前全都见识过了——一定是。见识过类似的事情，或者更糟糕的事情。

内尔请莉莉到家里喝茶。喝茶差不多是唯一一种能够说服莉莉参与的餐饮形式：她永远不会来吃晚饭。内尔端上了一些莉莉做的硬饼干——它们几乎可以无限期地保存——来表达她的感激；她确实很感激，但确切地说，她感激的不是饼干。

内尔和莉莉在内尔新居的厨房里喝茶。“风景真好。”莉莉望着后花园说。

内尔同意。对她们两人来说，那是未来的风景：目前花园里除了一些野草、一个波纹铁皮棚子和一些地洞之外什么也没有。前一任的房主——就是拥有盘子架和长毛地毯的那家人——有一只狗。但内尔有着更宏伟的计划，无论如何，要种上水仙，等她一有空就种。她的一位懂风水并博学多闻的新派朋友来看过了花园和房子，重点看了方位和灵魂气场，然后宣布这个地方很吉利，尤其是花园，所以内尔毫不怀疑这里会欣欣向荣。

“我想或许可以种些水仙花。”内尔说。

“水仙花很好。”莉莉说。

“作为开始。”内尔说。

莉莉把她的饼干浸在茶里。啊哈，内尔想，原来应该这么吃饼干。“那么……”莉莉说着，抬眼瞥向内尔，扬起了眉毛。意思是：你不是叫我来看地的。

“乌娜想要一处房子。”内尔说。

“很多人都想要房子。”莉莉平静地说。

“但这次是乌娜。”

“所以呢？”莉莉说。她知道乌娜是谁，她是蒂格的第一任妻子。第一任妻子，第二任妻子——老生常谈。

“她想让我买房子，她好住进去。”

莉莉拿起的茶杯在空中顿了一下。“这是她说的？”这是新情况。

“没有明说，”内尔说，“不是对我说的。但我知道。”

莉莉又拿了一块饼干，蘸进茶水里，然后专心倾听。

事实上乌娜正在崩溃，内尔说。她们初次见面时，乌娜是势不可当的。她当时不仅魅力十足——是那种风骚的魅力，内尔不无反感地心想——而且有着坚决的意志、强硬的观点，以及得到自己想要的东西的决心。或者说，那是她允许大多数人看到的一面。的确，她也会陷入抑郁，但在那些时候她会去睡觉，所以人们看不到乌娜的这一面。他们只看到她对外展示的那张明快、稳定，还带着点戏谑的脸。她以行动高效、勇于迎接挑战、善于完成任务而著称。她当过经理。她曾经就职于各种小型机构——小型杂志社、小型剧团——正在走向失败的小型杂志社和剧团，她重新安排了它们的组织结构，把它们打理得井井有条。

蒂格从家里搬出去的时候，他们两人更大范围的社交圈子都被惊到了。一切看起来风平浪静。众所周知，他们两人之间已经达成了默契，尤其是这期间乌娜有过一系列不同的男性伴侣，但情况本身似乎还算稳定。至于愤怒——双方都有理由愤怒，内尔公平地补充道，因为一个巴掌拍不响，不是吗？——那种愤怒已经被埋葬了，但就像许多被埋葬的东西一样，它拒绝永远留在地下。

分手后，乌娜散发出心满意足的消息。是她要求蒂格离开的，这样做似乎更好。孩子们都很好；周末和假期他们会和蒂格一起在乡下度过。她自己一直想要摆脱束缚，得到更多的自由，把更多的空间和时间留给自己，有更广阔的天地。这是乌娜自己的说法——在第一年里。

对于内尔成了蒂格人生一部分这件事，乌娜也表现从容——有什么不可以呢，因为内尔其实也出了一部分力，不是吗？是她介绍蒂格和内尔认识的，是她促成了他们的——该怎么形容呢？他们的事情。“蒂格和他的后宫，”她会这么说，“当然，内尔非常年轻。”她的表情说：年轻而愚蠢。她暗指内尔只是暂时存在而已：内尔会离开蒂格，因为他年纪太大；或者蒂格会离开内尔，因为她太肤浅。如果他们两人想在那座租来的窝棚里天长地久，跟倒塌的谷仓和杂草做伴——说到这里，乌娜会微笑着耸耸肩——那么，祝他们好运。那种生活会让大多数人发疯，包括她自己。同时，孩子们喜欢乡村的生活，偶尔去一去，而乌娜也有了她一直想要的更广阔的天地。

她会在最后一刻利用这片天地。她会突然有事——比如要与当时的伴侣一起出游。然后她会给内尔打电话，做出指示：什么时候该去接孩子，什么时候要把他们送回来，他们应该吃什么。她的语气很亲切，甚至还带着一丝俏皮。内尔站在农场通风良好的厨房里倾斜的地面上，除了说“好的”和“好的”，还能说什么呢？

“好的，夫人，是她想要的回答。”内尔对她的朋友们说，“她把我当成了雇来帮忙的人。”这是内尔的观点，但她没办法让蒂格明白。每当问题涉及孩子们时，蒂格的眼神就会变得呆滞，他就会变成机器人。所以最好的方法就是——内尔说——咬紧牙关，什么都不说。

并不是说她已经非常严格地执行了这种方法。但她试过。

“多好的父亲啊，”莉莉说，“一切都是为了孩子着想。”

“我知道。”内尔说。

“生个孩子——这是第一位的。”莉莉说。

“我知道。”内尔说。她也知道这一点，现在她也生了一个孩子。不过这些都是几年前发生的事情。

所以这就是第一年前后事情的走向，内尔说。之后内尔和蒂格不再租房，而是买了一个属于自己的农场，一个没那么破旧的农场，但破旧程度也没差太多，因为他们没有很多钱。

但乌娜认为他们比实际上有钱得多，内尔告诉莉莉。除了她已经拿到的部分，她还向蒂格要更多的钱——说是为了孩子们。但如果蒂格给她更多钱，内尔说，他们就还不上自己的抵押贷款了。实际上，他们生活开销的一半是内尔承担的。多于一半。倒不是说内尔想借此要挟蒂格，但二加二没法等于五。

乌娜对于算术不为所动。她开始在城里四处跟熟人们说内尔是一个多么差劲的人，她还把蒂格也变成一个差劲的人。内尔听说了这些评价，这正是乌娜所希望的：人们从来不会羞于重复这样的闲话。

乌娜不断更换律师——到那时蒂格和乌娜已经在起草离婚

协议——而当新的律师没办法从蒂格那里榨取更多现金时，她就再换一个律师。

“他没有更多的钱了，”内尔说，“他能怎么办呢？你不能从石头里榨出血来。”

“但你有啊。”莉莉说。

“实际上我也没有，”内尔说，“她给蒂格写了一些非常恶毒的信。到那个阶段她表现得好像是他抛弃了她一样——仿佛他是那种维多利亚时代的无赖。但为了孩子们，蒂格没有说过她一句坏话。”

“她是孩子们的母亲，”莉莉说，“一说到母亲和孩子们，就没法再说了。”

“一语中的。”内尔说。莉莉看起来很疑惑，于是她又补充说：“没错。”

不过，正如男孩们如实告诉乌娜的那样，新农场不是什么豪宅——首先，这里有老鼠，而且到了春天，地窖的泥土地面上全是积水，冬天的风直接吹透墙壁——所以随着时间的推移，乌娜多少平静了下来。她和不同的伴侣一起到亚热带的不同地点度假，尽管蒂格希望其中某位伴侣能够和她修成正果，但并没有。

时光流逝，蒂格和内尔搬回了城里——搬进了唐人街那栋有蟑螂的联排房，这对乌娜来说没构成什么威胁。男孩们现在已经长大了，他们不再和乌娜住在一起。蒂格想见他们也不必再通过乌娜。因此，摩擦的根源消除了。内尔感到轻松了一些，也没那么沉默了。

但之后发生了两件事。乌娜被迫从她那套方便的大公寓里搬了出来，连续换了几处不太满意的寄宿公寓，而且当时她刚刚辞去上一份工作；蒂格和内尔则搬进了他们的新房，就是她和莉莉现在坐着喝茶的这栋房子。

“她受不了，”内尔说，“她觉得我们住在宫殿里。我们只是很幸运，买房和卖房都赶对了时机，但她认为我们财源滚滚。这让她气得发狂。”

“大家都明白，”莉莉说，“这种事是会发生的。但她是个成年人了。有些人走运，有些人不走运。”

“是的，”内尔说，“但她身体也不太好。”

乌娜多年来一直饱受疾病的困扰。她的体重增加了不少，肉体丰满，精神流失。她还变得胆怯了。曾经让她渡过难关的信心正在消失：她变得犹豫不决，缺乏安全感。她对事物感到恐惧。她不想走出家门，也不想走进任何形式的隧道，比如地铁。

乌娜接连看了不少医生，他们都无法查明她得了什么病。可能是这个病，也可能是那个病。每隔一段时间，她就会跌倒——最近这次直接倒在了人行道上——然后她就被送进医院，再接受一次无效的药物治疗。她现在住的街区邻居很吵闹，经常大喊大叫，在半夜开派对；早晨，草坪上会发现一些针头。环境很恶劣，很肮脏，让乌娜感到恐惧。乌娜竟然真的被吓坏了，这对内尔来说是件新鲜事。

蒂格说，如果他有钱，他会给乌娜买一套房子住，看在孩子们的分上。他说这话的时候没有看着内尔，像是在自言自语。他说孩子们非常担心。

蒂格也担心孩子们，而内尔又担心蒂格。

“他们都是好孩子，”见过孩子们的莉莉说，“那么有教养。他们想帮助他们的母亲。”

“我知道，”内尔说，“乌娜和孩子们都觉得如果她能有一栋自己的房子，而不是与人合租的话会好得多，能安静些。但她负担不起。”

“蒂格呢，他怎么想？”

“蒂格不想聊这个。”

莉莉给了内尔一个精明的眼神。“你能做什么？”她问。

内尔知道她能做什么。她有笔意外之财，一点遗产，不多，但足够了。她把钱存进了银行，做了稳妥投资。那笔钱仍然以谴责的姿态存在那儿，没人提及。

莉莉帮内尔找到了房子。莉莉说，当时的房地产市场出现了一片白热化狂潮，成交速度快得让人晕眩，所以买到房子很不容易。如果乌娜在买方市场时就有购房需求，情况就会好很多，但生活就是生活。不仅如此，乌娜还有一堆要求：房子不能位于贫困地区，她很害怕成为穷人；不能太暗；不能有太多楼梯；附近要有有轨电车车站；要有一个步行可达的商店；要有花园。

一开始是莉莉开车带着乌娜到处看房，两个儿子中总有一个陪着她们一起；但莉莉回来后跟内尔说，根本没有用。“她想要一座城堡，”她说，“儿子们告诉她那种房子太大了。他们很受罪，那些孩子，他们希望他们的母亲能够快乐，他们都是好儿子。但是她想要大房子，得比你们的房子更大。”

“那样的房子我买不起。”内尔说。

莉莉耸了耸肩：“我跟她说了。但她不信。”

之后变成了内尔和莉莉坐在莉莉开的白色小汽车里一起去看房子。莉莉开车时习惯向前俯身，好像在滑雪一样。她们经过几条比较狭窄的车道时遇到了困难：莉莉撞倒了一株玉簪花。内尔怀疑她视力有问题。不过她们还是找到了多少能符合要求的房子：一栋两层楼的半独立屋，带一个小小的后花园和一个露台，还有一个装了玻璃落地窗的早餐角，楼上有三个小房间。

卖家是两个年轻男人，他们坐在沙发上，看着有意买房的人走上他们门前的台阶。他们在主窗前摆了一些盆栽，一株天竺葵，几株枯萎的秋海棠，但这是他们唯一的表示。他们甚至没有吸尘。在这种市场情况下，又何必费事呢?

“呸，”莉莉在地窖里说，“这堆垃圾要清走。至少还算干燥。个子太高的人可能会困难点，但有谁个子高吗？用来当洗衣房，还不算太糟。她可以打掉楼上的一堵墙，装上天窗，一个人住足够宽敞，可以弄得很迷人，你懂我的意思吧？”

内尔和莉莉马上冲向房地产中介办公室，及时提出了报价。莉莉说，再过半天，这房子就没了。乌娜会支付租金：孩子们说她希望这样约定。她不想让内尔接济她。租金其实还不够支付全部开销，但乌娜不知道。

内尔和乌娜已经不再说话，她们有一段时间没联系了。都是孩子们在中间传话。

孩子们夹在中间很难做，内尔知道。她为他们感到难过。她甚至为乌娜感到难过，虽然这样想需要费些力气。她发现自己内心深处不是个大方的人。她那些比较古怪的朋友——喜欢看水晶球的那些人——会告诉她，乌娜是她为前世做过的坏事得到的报应。他们说过，善待乌娜是她被赋予的任务。内尔认为这只是一家之言。换个角度想，她就是个受气包。

内尔没有告诉蒂格就完成了交易。她告诉他的时候，他说了两句话：你疯了。谢谢你。

“你是个好人。”莉莉说。她送来了两大碗硬饼干，还有两张写在印花信笺上的纸条：一张给内尔，一张给乌娜。

*　*　*

一切都暂时平静了下来。内尔感觉自己很贤惠，乌娜感觉安全多了，也就不再抱怨内尔和蒂格有多可怕，蒂格感觉没那么担心了，孩子们感觉松了口气。内尔告诉她的朋友们她做了个正确的决定。她们的难以置信让她感到愉快：在乌娜说了内尔那么多坏话之后——这些朋友也都知道内尔知道这些坏话都是什么，因为她们自己就是传话的人——内尔给乌娜买了一套房子？她以为她是什么圣人吗？

房子还需要一些修整工作：就像莉莉指出的那样，房子总是需要修修补补的。前廊要弄，空调要弄，粉刷也要弄——这些都是孩子们帮忙完成的。但还有屋顶，修整屋顶就不可能不花钱了。不过乌娜的品位很优秀，她一直都有这样的品位，这是她至今仍然拥有的一种能力。她把家具都安置好之后，你就完全不认识这个地方了。“她让这房子像新的一样。”莉莉向内尔报告说。因为，像所有人一样，乌娜也很喜欢莉莉，也请她去喝过茶。

但这种平静的状态并没有持续太久。乌娜的健康起初有所改善，如今却再次恶化。她的双腿会发抖，她上下楼梯有困难；她觉得她不太能够走到街角的商店了。她在露台上放置的大花坛里种了太多花花草草，她浇不完水。在夜晚她听到了一些声音——不过莉莉说很可能只是浣熊的声音，它们会发出你从来没听过的声音——把她吓着了。孩子们安装了一套警报系统，但有一次它因为误报响了起来，让乌娜更害怕了，所以他们又把它拆了。

孩子们说，也许这些恐惧都是因为药物作用。她正在吃一种新药——或者两种，或者三种。她不想吃这些药，她认为这些药让她更糟了。除此以外，她还确信她最终的结局是流落街头——她会花光她的积蓄，她会耗尽钱财，而内尔——实际上是她的房东——会把她赶出去。

“我永远不会那样做。”内尔说。但乌娜认为她会。

乌娜表达恐惧的言外之意是希望内尔能减少或免收她的租金。她的一个儿子对此有过暗示。但是从财务上来看内尔已经仁至义尽了。而且她觉得自己被逼得太紧了。我已经到极限了，她想，再多压迫我一次，我就会崩掉。

孩子们想让乌娜搬进公寓里——找一套她负担得起的带电梯的公寓。乌娜拿不定主意。一方面，她不能爬楼梯；而另一方面，电梯空间又很狭窄，像隧道一样。孩子们说，她正在努力让自己进入正常状态。她抱怨自己失眠。不过，动用了好几个房地产经纪人，并尝试了许多最终没有成功的可能性之后，他们终于找到了一个合适的地方。那是一套一居室公寓，很小但是能住；那里会更安全，对乌娜来说不会太难应付。乌娜很不情愿地同意了。她不想搬家，但她也不想留在现在的住处。

内尔把莉莉叫来卖房子。

“带着家具总会好卖些，”她说，“让人看到各种可能。而且这些家具很有魅力。”她想办一次开放参观日[1]，乌娜最终同意了。她的一个儿子会去帮忙；另一个会带她出去玩一天，这样她就不用应付一拨拨过来看房的人。莉莉会接待他们。

至于内尔和蒂格，他们到欧洲去了——去了威尼斯。他们从来没去过那里，但一直想去。有了因为卖房即将富余出来的资金——卖乌娜的房子，现在大家都这么说了——这次旅行他们就能够负担。

也该来一次这样的旅行了，内尔想。他们两个人需要从围绕着乌娜缓慢旋转的灰色旋涡中抽出身来。

莉莉熟练地把她的白色轿车开进车道，停好，挪动身体下了车。她一步一阶地爬上门口的台阶：她的脚越来越疼了。她按了门铃。乌娜应该在家里等着给她开门，好让她进去把房子里的所有地方都检查一遍，为开放参观日做好准备，但是没有人来开门。

当莉莉站在前廊上不知道如何是好时，孩子们也开着车来了。他们也按了门铃。然后一个儿子——年长的那个——翻过围栏，踩着绿植的花盆跳进院子，透过落地玻璃窗往早餐区张

1 房地产出售时在固定日期和时间在待售房屋处接待所有前来看房的潜在买家。

望。乌娜躺在地上。

那个儿子踢碎了玻璃，还割破了腿上的静脉。乌娜死了。后来医生说她已经死了几个小时。她中风了。厨房的餐桌上还放着一杯茶。大儿子抱着滴血的腿一瘸一拐地走到前面打开门，让其他人进来。他们叫来了救护车，大儿子躺在地板上，把受伤的腿抬到空中，小儿子试图用茶巾为他止血。莉莉坐在客厅的沙发上，脸色煞白，浑身颤抖。“我从没见过这么可怕的事情。”她一遍又一遍地说。

内尔后来听说这一切的时候，第一次捕捉到了莉莉非常不对劲的迹象。因为这肯定不是莉莉见过的最可怕的事情。远远不是。

开放参观日当然取消了。地上有一大摊血，你不可能把房子卖掉。但之后——几周之后，家具都被搬走之后——莉莉又试了试。但她心不在焉，内尔明白。她没有了曾经的热情，也没有了好事多磨的信念。不仅如此，她还对这座房子产生了恐惧。

“这房子里很暗，”她告诉内尔，“没有人愿意住在这么暗的地方。”她建议修剪一下灌木。

内尔和蒂格去看了一下房子。房子并不暗，相反，还有点太亮了；在夏天，太亮就意味着太热。不过他们还是砍掉了一些树枝。

“地窖——里面全是水。”莉莉在电话里说。她很生气。蒂格马上开车过去了。“地窖里干得一塌糊涂。”他告诉内尔。

内尔请莉莉过来喝茶。水仙花正在盛开。莉莉透过窗户望向它们。“你管那些花叫什么？”

“莉莉，”内尔说，“你不一定非要卖掉那房子。可以让别人卖。”

“我想自己卖，为了你，”莉莉说，“这是你的事。”

“你觉得房子很暗。”内尔说。

“我从来没见过那么可怕的事情，”莉莉说，“可怕。那么多血。”

“那不是乌娜的血。”内尔说。

“但的确是血。”莉莉说。

“你觉得乌娜还在那儿。”内尔说。

“你什么都懂。”莉莉说。

“这我可以处理，”内尔说，“我认识做这些事情的人。”

“你是个好人。”莉莉说。内尔明白莉莉正在放手，在交接工作。她拒绝再做那个善解人意、能够处理一切的人。现在这都需要内尔去做了，为了莉莉。

内尔给她的风水师朋友打了电话，那个朋友为她找了一位水晶和净化方面的专家。那位朋友说需要收费，最好是现金。“没问题，”内尔说，“别告诉她任何与乌娜或者死亡有关的事情。我希望这次探查不受任何干扰。”乌娜还在房子里吗？她是在出于报复而阻挠卖房吗？内尔不这么认为。她无法想象乌娜会做出这么俗套的事情。但话说回来，她们两个人都曾经因为同样平庸的事而内疚过。第一任妻子、第二任妻子——她们可能是一个模子里刻出来的。

蒂格开车把内尔送到那栋房子，但他没进去，而是留在车里等。他不想与这种事有任何关系。内尔用自己的钥匙开门进去，然后让那位名叫苏珊的占卜师进来。苏珊不是那种仙气飘飘的女人；相反，她看起来更像个运动员，非常专业，脚踏实地。她接过装着现金的信封，塞进手包。“我们从顶层开始。”她说。

苏珊把整栋房子看了个遍——进入了每个房间，下到了地窖，还走到了露台上。在每个区域，她都站了一会儿，把头歪向一边。最后，她走进了厨房。

“现在这房子里没别的东西，”她说，“但就在这里，有一条通道，鬼魂们都从这里出入。”她指了指早餐角。

“通道？”内尔说。

“类似于隧道的那种，一条路。”苏珊耐心地解释，“他们来到我们的世界，然后又离开，都是通过这个地方。”

“这里就是死过人的地方。”内尔说。

“这样的话，他们来这里是有目的的，他们想快速超度。”

内尔想了想。“这些鬼魂是好是坏？”她问。

“都有可能，”苏珊说，“各种各样的都有。”

“如果你房子里有个坏的，你该怎么做？”

“把他们的周围照亮。”苏珊说。

内尔没有问她这一点如何办到。“如果我们把这个通道关闭，或者把它移到别处，你认为这些鬼魂会介意吗？”她问。这很像小孩们玩的那种跟想象中的朋友对话的游戏。只要行得通，她告诉自己。

“我问问他们，”苏珊说。她静静地站着，听着，“他们说没问题，但他们希望把通道移到院子里。他们也不想把它搬到太远的地方。他们喜欢这个街区。”

“就这么说定了，”内尔说。似乎就连鬼魂也有房产上的偏好。“然后我们要做什么？”

然后她们做的事情是跳了某种转圈舞，之后又摇了一阵铃铛。苏珊的手包里放着铃铛。“好了，”她说，“通道已经关闭了。但为了确认一下……”她拿出几捆鼠尾草放进厨房的抽屉。“这应该能暂时阻止他们过来。”她说。

“谢谢你。”内尔说。

“现在没事了。”内尔告诉莉莉。

“你人太好了。”莉莉说。

但其实并不是没事了。莉莉仍然害怕那所房子。房子里有一些跟乌娜无关的东西，有一些更古老、更黑暗、更可怕的东西。有一些东西被触发了；它被唤醒了，它浮出了水面。有血。

后来，内尔会告诉人们，这一定就是阿尔茨海默病或者其他疾病的初期阶段，总之莉莉很快就会对他们，对她所知的这个世界失去意识。不过，她去了一个更好的地方，一个没有过去的地方，或者缺乏一部分过去的地方。在这个地方，她很久以前就认识的几个人仍然活着。她的丈夫还活着。他在等她回家，她说。他不喜欢她一个人出门，他喜欢她待在客厅里，和那些熟悉的瓷器装饰品在一起，尤其是在天色暗下来之后。

莉莉已经长大成人的孩子们做出了安排。他们找了一个护工，这样莉莉就可以住在她自己的房子里。他们认为，这样她会舒服些。她开始画水彩，这是她以前从未做过的事情。她画的画明亮而欢快，充满了阳光；画面上大多是花朵。内尔去看她时，她会开心地笑。“我做了些饼干，特别为你做的。”她会说。但她其实并没有做。

乌娜的房子被两个男同志买下了——两个搞艺术的男同志，他们是内尔的朋友，而且后来才知道他们也曾是莉莉的客户——他们喜欢从二楼屋后射进来的光线。他们在那儿设置了一间工作室。他们拆掉了一些墙，又加了几个隔断，装了一个天窗，并重新进行了装修。他们给他们的猫做了一个不寻常的安排——一个能够从墙里伸出和缩回的猫砂盆，上面有个传感器，猫一过来就能自动伸缩。这只猫在玻璃窗的早餐角里表现奇怪，他们告诉内尔，它会坐下，盯着窗外，好像在观察着什么。

“它在观察那些鬼魂，”过来喝茶顺便参观装修的内尔说，“我们把它们移到外面的院子里了。他们希望把通道设在那儿。”

“什么？”男同志们说，“姑母[1]？这里不会姑母泛滥成灾吧！”他们大笑。

“不是，是鬼魂。”内尔说。

然后内尔给他们讲了乌娜的故事，还有蒂格的故事，还有她自己的故事，以及占卜师苏珊女士的故事，还有莉莉的故事——他们喜欢内尔摇着铃铛转圈跳舞的那一段。当然，她把故事做了一些改动，听起来比当时更有趣。此外，故事里的每个人都比现实中更好。除了莉莉。莉莉不需要美化。

男同志们喜欢这个故事，它很怪异，而他们喜欢怪异。这也是一个关于他们的故事，因为这是一个关于他们的房子的故事。故事也给房子增添了特色。“我们这儿有鬼魂！”他们说，“谁知道呢？如果以后我们要卖房子，我们会把它写进广告的。迷人的工作室、墙内自动猫砂盆、鬼魂。”

但是，拥有了这些我又能做什么呢？内尔走回自己家的时候想。所有那些焦虑和愤怒，那些可疑的好意，那些纠结的人生，那些血。我可以讲述它们，也可以埋葬它们。最终，我们都会变成故事。或者，我们都会变成鬼魂。也许其实都一样。

1 英文中，entities（鬼魂）和aunties（姑母）发音近似。

10

拉布拉多*大溃败

The Labrador Fiasco

* 加拿大的一个地区，位于大西洋沿岸，与纽芬兰岛一海之隔，该地区30%的人口为原住民。

那是个十月。不过，是哪个十月？反正是某年的十月，日光倏然亮起又骤然暗淡的十月，有着红色和橙色叶子的十月。我的父亲坐在壁炉旁的扶手椅上。他穿着黑白格子的便袍，套在其他衣服外面，还穿着老式皮拖鞋，把脚架在一个脚垫上。所以那一定是个傍晚。

我的母亲正在读书给他听。她摆弄着眼镜，俯身于书页上；又或者只是看起来像是俯着身。实际上那就是她现在佝偻的体态。

我的父亲在笑，所以这部分一定是他喜欢听的。他左脸的笑容比右脸明显：六年前他中了风，我们都假装他已经康复；他也确实康复了——基本上。

“现在发生什么了？”我边脱外套边问。我知道这个故事，以前就听过。

“他们刚出发。”我的母亲说。

我父亲说：“他们带错了补给。”这让他开心，他自己肯定不会带错补给。实际上，他从一开始就不会展开这次不明智的旅程，或者说——尽管他以前更鲁莽，更急躁，更确信自己有能力对抗命运和超越危险——这是他现在的观点。“十足的傻瓜。”他说完又笑了。

但是，除了错误的补给之外，他们还能拿到什么补给呢？白糖、白面粉、大米，你当时能拿的就是这些。豌豆粉、脱水苹果、硬饼干、熏肉、猪油，都是重东西。那时还没有冻干技术，没有方便的汤料包；没有尼龙马甲，没有能收成口袋大小的睡袋，没有轻便的防水布。他们的帐篷是用气球绸做的，涂了油用来防水。他们的毯子是羊毛的。背包是帆布的，附有皮带和横过额头的扎带，以减轻腰部的负重。这些东西会有焦油的味道。此外，还有两支步枪、两把手枪、一千两百发子弹、一台照相机和一个六分仪；还有炊具和衣服。每一磅物资都必须由人工进行水陆搬运，或者用独木舟拖上岸，独木舟有十八英尺长，木质框架，覆盖着帆布。

然而，这一切都不会让探险者们望而却步，或者说起初不会。他们有两个人，两个年轻的美国人。他们以前也参加过露营探险，不过那是在纬度更低的温暖地区，他们可以在愉悦的篝火前抽着气味芬芳的傍晚的烟斗，当夕阳西下天色苍白的时候，锅里烤着的新鲜鳟鱼滋滋作响。关于荒野的魅力与挑战未知，每个人都能写出一两段吉卜林风格的清新散文。这是1903年，当时探险仍然是一种时尚，被视为对男子气概的一种考验，同时男子气概自身也仍然是一种时尚，并且会自然而然地与干净这个词一起出现。男子气概、干净、荒凉，让你能感觉自由的地方。当然，得带着枪和鱼竿。你要靠山吃山，靠水吃水。

探险队的领队名叫哈伯德，为一家专门介绍户外活动的杂志工作。他的想法是，他要跟他的表弟兼好哥们儿——这个人的名字叫华莱士——深入拉布拉多地区最后一片尚未开发的荒野，然后他会发表一系列的文章来讲述他们的探险经历，并借此扬名立万。（这是他的原话："我会扬名立万。"）具体而言，他们会沿着纳斯科皮河上行，据说这条河的源头是传说中渔产丰富的密奇卡茂内陆湖；从那里他们可以抵达乔治河，印第安人每年夏天都在那里集中狩猎驯鹿，从那里再前往哈得孙湾的一个驻点，然后出去再次抵达海岸。哈伯德计划与印第安人相遇时做一点业余的人类学研究，他也会把这部分写进文章，并拍些照片——一个蓬头垢面的猎人手持一把老式步枪，脚下踩着一具动物尸体；一只被砍掉的鹿首，鹿角张牙舞爪。戴着珠子项链、眼睛炯炯有神的女人在咀嚼或缝制兽皮，或者做着任何事情。最后的野人，类似这种题材。人们对这类题材很感兴趣。他也会描述野人们的菜单。

（但那些印第安人是从北边过来的。从来不会从西边或者南边走水路。）

在这样的故事中，总会有——总应该有——一位印第安老人，在白人们计划出发时出现在他们面前。他是来警告他们的，因为他心地善良，而他们却莽撞无知。“别去那里，”他说，“那个地方我们从来不去。”这些故事中的印第安人讲起话来都一本正经。

“为什么不去呢？”白人们问。

“恶灵住在那儿。”印第安老人说。白人微笑着感谢他，但没有理会他的忠告。本地迷信，他们想。所以他们去了曾被警告不要去的地方，然后，在经历了很多磨难之后，他们死了。印第安老人听说之后摇了摇头。愚蠢的白人，但你还能怎么跟他们说呢？他们不懂得尊重。

这本书里没有印第安老人——不知道为什么他被漏掉了——所以我父亲自己担任了这个角色。“他们不应该到那里去，”他说，“印第安人从来不走那条路。”不过，他并没有提到恶灵。他说的是：“没有东西吃。”对印第安人来说两者是一回事，因为如果食物不是来自灵魂，那还能来自哪里？食物不是本来就有的，而是被赐予的；但有时也会被扣留。

哈伯德和华莱士试图雇几个印第安人，至少在旅程的最初阶段和他们一起走，并帮他们扛行李。没人愿意去。他们说他们“太忙”。实际上是因为他们知道得太多了。他们知道的是在那里你不可能把你需要的所有食物都随身携带。如果你带不了那么多食物，你就只能打猎。但绝大多数时候，那里没有什么猎物。“太忙”意味着还不想去送死，也意味着拘于礼貌而无法直言问题。

这两位探险家做对了一件事。他们雇了个向导。他的名字叫乔治，是个克里族印第安人，或者有部分克里族血统。按照他们当时的叫法，是个“杂种”。他来自距离拉布拉多非常远的詹姆斯湾，所以他根本不知道拉布拉多的不幸的真相。乔治一路南下，到纽约市去见他的雇主，他以前从来没去过那里。他以前从来没去过美国，甚至从来没进过城。他保持镇定，他环顾四周；他弄清楚了什么是出租车，以及如何叫出租车，这充分显示出他的足智多谋。他的理智分析能力今后会派上大用场。

“乔治那小子很不一般。”我的父亲说。乔治是整个故事里他最喜欢的人。

家里的某个地方有一张我父亲的单人照——可能被夹在了某一本相册的后面，和一堆还没来得及整理的快照放在一起。照片上是三十年前正在某次独木舟旅行途中的他——如果你不把这些说明写在照片的背面，他们就会忘记。他显然正在经过某个渡口。他没有刮胡子，他的头上缠着一条头巾，为了防止黑蝇和蚊子，他背着一个沉重的背包，宽大的扎带勒住额头。他的头发乌黑，他那张闪着光的脸被晒成深深的古铜色，而且并不太干净。他看起来有点不怀好意；像个海盗，或者其实更像个北部山林的向导，那种半夜里狼群袭来的前一刻带着你最好的步枪溜之大吉的人。但也像一个知道自己在做什么的人。

“那个乔治知道他在做什么。”这时我父亲说道。

说的是他离开纽约之后；但是在纽约期间，乔治没什么帮助，因为他不知道去哪里买东西。那两个人正是在纽约购买了所有必需的补给，只差一张刺网，他们以为刺网在北边也能买到。他们也没买备用的软皮鞋。这可能是他们最严重的错误。

然后他们出发了，先坐火车，再坐船，然后坐更小的船。细节很枯燥，天气很差，饮食很糟糕，没有一种交通工具是准时的。他们花了很多个小时，甚至是好几天的时间在码头附近等待，不知道自己的行李还会不会出现。

“今晚就读到这儿吧。”我母亲说。

“我想他已经睡着了。”我说。

“他以前从来不会睡着，”我母亲说，“听这个故事的时候不会。他一般都会忙着列出他的清单。”

“他的清单？”

“他要带的补给的清单。”

我父亲睡觉的时候，我跳着读了故事后面的部分。那三个人终于从拉布拉多凄凉的东北海岸进入了内陆河，离开他们最后的起点，认真地开始航行。那是七月中旬，但短暂的夏天很快就会结束，他们还有五百英里的路程要走。

他们的任务是穿过又长又窄的格兰德湖。湖的最末端，就是纳斯卡皮河汇入之处，或者至少他们是这样听说的。他们见过的唯一一张地图是一位白人旅行者早在大约五十年前粗略绘制的，地图上显示只有一条河流汇入格兰德湖。就是所有印第安人都提到过的那条河：那条通向某处的河。为什么要提到其他的河流呢，因为怎么会有人想要知道它们的存在呢？很多植物没有名字就是因为它们不能吃也不能用。

但实际上还有四条其他河流。

在这第一个早晨，他们兴高采烈——反正华莱士是这样记录的。他们充满希冀，期待着探险。天空湛蓝，空气清新，阳光明媚，树梢似乎在向他们点头示意。他们并不明白看到树梢点头要小心。他们吃了配糖浆的薄饼作为午餐，充满幸福感。他们知道他们即将去往险境，但他们也知道他们是不朽的。在北方确实会产生这种心绪。他们用相机拍照，拍他们的独木舟，拍他们的背包，拍彼此的样子：胡子拉碴，满脸汗水，缠着绑腿，头上也缠着圆顶硬礼帽一样的头巾，轻快地靠在桨上——令人心碎，但只有当你知道了结局才会这样想。但此时他们正在享受着人生的高光时刻。

还有另一张我父亲的照片，也许也是在经过渡口的那次旅行中拍下的，不然就是他戴了同样的头巾。这一次，他对着相机镜头咧嘴笑着，假装在用手里的斧头刮胡子。这张照片说明了两件夸张的事情：一是他的斧头像剃刀一样锋利；二是他的胡子非常硬，只有斧头才能砍断它们。这都是胡扯，是独木舟旅行时的玩笑。当然他私下一度相信这两件事都是真的。

第二天，三个人错过了纳斯卡皮河口，这个河口隐藏在一座岛屿的后面，看起来像一条海岸线。他们甚至没有怀疑它有可能在那儿。他们继续朝着大湖的尽头航行，并进入了他们在那里找到的一条河流。他们走错了路。

我超过一周没有回到拉布拉多。再次回去的那天是个周日的晚上。壁炉里的火焰熊熊燃烧，我的父亲正坐在壁炉前，等着听接下去会发生什么。我母亲正在忙着准备发酵粉饼干和低咖啡因的茶。我在找曲奇饼吃。

“一切都还好吗？”我问。

“不错，”她说，“但他运动量不够。”在她看来，一切就是指我父亲。

“你应该让他出去走走。”我说。

“‘让他’。”她说。

“呃，建议他。”

“他觉得如果没有目的，纯为走路而走路没意义。”她说。

“你可以给他找点事去办办。”我说。对此她甚至懒得回答。

“他说他脚疼。”她说。我想到了柜子里那一大堆几乎全新的靴子和鞋以及最近数量激增的靴子和鞋。他还在不停地买。他一定觉得，只要他能找到合适的那双鞋，那么让他脚疼的原因无论是什么，都会消失。

我把茶杯拿进去，把盘子收拾好。“所以，哈伯德和华莱士进展如何了？”我说，“你们读到他们吃猫头鹰的那部分了吗？”

“无济于事，”他说，“他们找错了河。不过即使他们找对了，也一样来不及。”

哈伯德、华莱士和乔治辛苦地逆流而上。正午热浪逼人。苍蝇在折磨着他们，小苍蝇像针尖一样，大苍蝇有拇指那么大。这条河几乎无法航行：他们不得不拖着负载沉重的独木舟走过砾石的浅滩，或者从陆地上绕过急流，穿过条件恶劣、没有标记、错综复杂的森林。河流在他们面前延伸，在他们身后则像迷宫一样封闭起来。河岸越来越陡峭；一座又一座的山丘，看似平缓，实则艰难。这是一片稀疏的风景：破烂的云杉、桦树、杨树，都骨瘦如柴，在有些地方甚至都被烧毁了，前路被烧焦和倒下的树干挡住。

他们过了多长时间才意识到自己驶入了错误的河流？太长了。他们把一些食物藏了起来，这样就不必随身携带；他们把另外一些食物扔掉了。他们射杀了一头驯鹿，吃了，丢下了蹄子和鹿头。他们的脚很疼，他们的软皮鞋已经磨损了。

终于，哈伯德爬上了一座高山，从山顶看到了密奇卡茂湖，但他们航行的河流并不通向那里。那个湖太远了，他们不可能拖着独木舟走那么远的路穿过森林。他们只能折返。

他们傍晚时分的谈话内容不再是关于发现和探索，他们讨论的是准备吃什么。他们明天吃什么，他们回去之后吃什么。他们为伙食、筵席和盛大的宴会编写菜单。乔治能够猎取和抓到一些东西。这里一只鸭子，那里一只松鸡。还捕猎了一只灰燥鸦。他们抓了六十条鳟鱼，是费尽心思一条一条用钩子和线钓上来的，因为他们没有刺网。这些鳟鱼像冰水一样清澈、新鲜，但只有六英寸[1]长。什么都远远不够。旅行所消耗的能量超过了他们所能吸收的能量，他们正在缓慢地溶解，消耗。

与此同时，夜晚变得越来越长，越来越暗。河流的边缘开始结冰。蹚着冰冷刺骨的河水，拖着独木舟走过浅滩，让他们浑身发抖，喘不上气。第一场雪飘落下来。

“那是穷山恶水的地方，”我父亲说，“没有麋鹿，甚至连熊都没有。没有熊永远是个恶兆。”他去过那边，或者附近有着同样地形的地方。他带着向往和思念说起来，还有某种悲伤。“如今你当然可以坐飞机过去。几个小时内就可以走完他们的全程。”他不屑地挥了挥手指：飞机也不过如此。

“那猫头鹰呢？”我说。

“什么猫头鹰？”我父亲说。

1 1英寸约为2.54厘米，6英寸约为15.24厘米。

“他们吃掉的那只，”我说，“我记得就是在独木舟翻覆的地方，他们还把火柴塞进耳朵，好保护它不会被打湿。”

“我觉得是别人，”我父亲说，“是后来又做了同样尝试的那些人。我认为这群人没吃猫头鹰。”

“如果他们真吃了，那应该是什么种类的猫头鹰？”我说。

“大角鸮或者鬼鸮，”他说，“如果他们幸运的话。它们的身上肉更多。但也可能是小东西。”他发出了一连串细小而阴森的叫声，就像远处的一只狗，然后他笑了。他能通过叫声判断出那里的每一种鸟类，现在也能。

“他下午睡得太多了。”我母亲说。

“也许他累了。”我说。

“他不应该累到那种程度，”她说，“累，但又不安分。他的食欲在减退。”

“也许他需要个兴趣爱好，”我说，“能占住他脑子的东西。”

“他以前的爱好可多了。”我母亲说。

我想知道它们都去哪儿了，那些爱好。属于它们的工具和材料还在：木工刨子和水平仪，用来绑拟饵的羽毛，放大版画的机器，制作弓箭的尖头。在我看来，这些零碎的东西就像是出土文物，它们从考古现场被挖掘出来，经过辨别和归类，作为推断昔日生活的凭证。

“他以前经常说要写回忆录，”我母亲说，“某种意义上的记录。他去过的所有地方。他确实开过几次头，但现在他已经没兴趣了。他的视力不太好。”

“他可以用录音机。”我说。

“哦，天啊，”我母亲说，“更多新玩意儿！”

狂风呼啸而过，雪落下又停止。三个人已经穿越陆地来到另一条河，期望着情况能够好转，但事与愿违。一天晚上，乔治做了一个梦：上帝出现在他面前，光芒四射，和蔼可亲，语气友好但坚决。“我不能再给你们鳟鱼了，”他说，“但如果你们坚持沿着这条河航行，就能顺利到达格兰德湖。只要你们不偏离这条河，我就会安全地把你们带出来。”

乔治把这个梦告诉了其他人。没有人当回事。他们放弃了独木舟，改走陆路，希望能回到他们以前的路。过了太久之后，他们确实找到了之前的路，并沿路跋涉着走下了他们之前逆流而上的河谷，他们在曾经的宿营地翻找着之前丢弃的食物。他们不再用英里计量距离，而是以天为单位：他们还剩下多少天，还需要多少天。但那取决于天气，也取决于他们自身的能力：他们能走多快。他们找到一坨发霉的面粉，一点猪油，几根骨头，一些驯鹿的蹄子，他们把这些东西煮了。还有一小罐干芥末，他们把它混进汤里，发现它令人鼓舞。

十月的第三个星期，情况是这样的：

哈伯德已经虚弱得不能继续走了。他被留了下来，待在帐篷里，裹着毯子，生着火。另外两个人接着走了。他们希望能走出去，然后派人回来救他。他把最后的一点豌豆粉给了他们。

雪不停地下着。他的晚餐是浓茶和骨头汤，他还把自己仅有的一双软皮鞋的生皮煮熟了。他在日记中写道，味道真的很好。现在他没有鞋了。他把全部希望寄托在别人成功出去并回来救他，反正他是这样记录的。但他还是开始给妻子写遗书了。他写道自己还有一双牛皮手套，准备明天煮了吃掉。

然后他就睡着了，然后他就死了。

沿途走了几天之后，华莱士也不得不放弃。他和乔治兵分两路：华莱士倾向于带着他们设法找到的最新一批储藏物资——几把发霉的面粉——往回走。他会找到哈伯德，和他一起等待救援。但他遇到了一场暴风雪，并迷失了方向。此刻他正在一个树枝搭成的窝棚里，等着大雪逐渐停止。他非常虚弱，而且已经感觉不到饥饿了，他知道这是个不好的迹象。他做出的每一个动作都缓慢而谨慎，同时又很不真实，仿佛他已经离开了自己的身体，只是在一边看着它。在白天的日光下或者晚上的红色火光——因为他仍然可以生火——的闪烁中，他手指末端的涡纹在他眼中都显得神奇无比，如此清晰详细；他的眼神追踪着编织毯上的图案，像是在看一幅地图。

他的亡妻出现在他面前，并就他的睡眠安排提出了几条实用的建议：下面垫一层更厚的云杉树枝，她说，会更舒服。有时他只能听到她的声音，有时他还能看到她，她穿着一件蓝色的夏装，她的长发被一枚闪亮的发卡盘在头顶。她看起来非常自在。透过她的背影，可以看到窝棚的柱子。对此华莱士已经见怪不怪。

在更远的地方，乔治继续走着，继续往外走。他多少知道他要去哪里，他要找到救援并带着他们回来。但他还没出去，他还在里面。雪包围着他，灰白色的天空包围着他。他一度遇到了自己的脚印，才意识到自己一直在绕圈。他也瘦了很多，并且虚弱，但他成功地射中了一只豪猪。他停下来想了想：他可以转回头去，沿着他来时的脚印返回，把豪猪带回去与其他人分享；他也可以自己把豪猪全部吃掉，然后继续前进。他知道，如果他回去，那么很可能最后不会有人活着出来，但如果他继续前进，至少还有存活的可能，至少对他来说。他把豪猪的骨头囤好，继续前进。

“那个乔治做得对。”我父亲说。

一周后，父亲坐在桌边用餐时再次中风。这一次，他每只眼睛失去了一半视力，还失去了短期记忆，以及对自己身在何处的感知。仅仅一分钟之隔，他就会糊涂。他在客厅里摸索，仿佛以前从没到过这个地方。医生说这一次他不太可能恢复了。

时间流逝。窗外的丁香花此时正在盛开，他能看到它们，或者它们的一部分。尽管如此，他仍然觉得现在是十月。然而，他的精神还在。他坐在扶手椅上，想要把事情弄清楚。一个沙发垫看起来很像另一个沙发垫，除非你有别的判断标准。他看着阳光在硬木地板上闪耀。他最好的判断是：那是一条河。在极端情况下，你必须运用你的智慧。

“我来了。”我说着，亲吻他干燥的脸颊。他没有变秃，丝毫没有。他有一头银白色的头发，像一只被冻住的白鹭。

他用双眼左侧的余光看着我，只有那样他才能看到。

“你似乎突然老了不少。”他说。

据我们所知，他失去了之前四五年的记忆，还有再之前的几段时期。他对我感到失望：不是因为我做了什么，而是因为我没能做什么。我没能保持年轻。如果我做到了，我就能拯救他，那他也可以保持以前的样子了。

我希望我能想出一些让他开心的办法。我试过录下鸟儿的歌声，但他不喜欢：它们让他想起他曾经知道但现在却想不起来的事情。故事也不好，连短篇故事都不行，因为当你读到第二页的时候，他已经忘记了开头。如果失去了情节，我们会去向哪里？

音乐好一些，因为它在一点一滴地发生。

我的母亲不知所措，所以她重新布置一切：杯子和盘子，文件，写字台的抽屉。现在她正在外面，带着一种茫然的愤怒拔除花园里的杂草。泥土和野草在空中飞舞：至少这件事总有完成的那天！一阵风吹来，她的头发被吹乱，在她的头顶像羽毛一样飞舞。

我已经告诉她我不能久留。“你不能吗？”她说，“但我们总可以喝个茶，我可以把壁炉点起来……”

“今天不行。”我坚决地说。

他多少能够看得见她在外面，他想让她回到屋里。他不喜欢她在玻璃的另一边。如果他让她溜走了，离开他的视线了，谁知道她会去哪儿呢？她可能会永远消失。

我握住他那只健康的手。“她马上就进来。”我说。但马上可能是一年。

“我想回家。”他说。我知道告诉他现在他就在家里是没有意义的，因为他指的是别的地方。他指的是他以前的样子。

“我们现在在哪儿？”我问。

他向我瞥来一个狡猾的眼神：我是想要挑他的错吗？“在一座森林里，”他说，“我们得回去了。”

“我们在这里也没事的。”我说。

他考虑了一下：“没太多吃的。”

“我们带了合适的补给。”我说。

他放心了。“但是木材不够。”他对此感到焦虑。他每天都这么说。他说他的脚冷。

“我们可以找来更多的木材，”我说，“我们可以去砍。”

他没那么确定。“我从没想过会发生这样的事。”他说。他不是指中风，因为他不知道自己中风了。他指的是迷路。

“我们知道该怎么做，”我说，“不管怎样，我们会没事的。”

“我们会没事的。”他说，但听上去半信半疑。他不相信我，他是对的。

11

实验室的男孩们

The Boys at the Lab

实验室的男孩们并不是男孩。他们是年轻男人，但都不算特别年轻：有几个人的鬓角已经开始稀疏。他们肯定有二十多岁了。如果你提到他们中间的某一个——如果只说其中一个的话——你肯定不会用男孩来形容他。然而，作为一个群体，他们是男孩。他们是要用引号引起来的“男孩们”，他们一起站在码头上，有些人还脱掉了衬衫。他们晒出了古铜色肤色：那时阳光比现在薄，臭氧层比现在厚，但他们仍然晒出了古铜色。

男孩们有肌肉，也有笑容，是那种你在男人的面庞上再也看不到的笑容。他们这样的面庞始于战时，与之搭配的是烟斗，还有八字胡；我觉得男孩们有烟斗——我似乎记得我见过一两个烟斗——而且其中一个男孩也有八字胡。你可以从他的照片里看到。

我觉得男孩们非常有魅力。也许不是。我当时还太年轻，不懂得什么是魅力。我是觉得他们有魔力。他们是期待已久的目的地，是一场探险的目标。去见他们——至少在预期中——是一件让人神采飞扬的事。

男孩们每年春天来到实验室，差不多是嫩叶萌发、黑蝇和蚊子出现的时候。他们从四面八方来，每年来的人都不同，他们和我父亲一起工作。我不确定是什么样的工作，但一定很让人兴奋，因为实验室本身就让人兴奋。我们不经常去的任何地方都让人兴奋。

我们会坐一条沉重的木划艇去，这条木艇是在半英里外那个只有五户人家的村子里做的——我们的母亲划着艇，她划得相当好——不然我们会沿着一条蜿蜒曲折的小道步行过去，要跨过倒下的树木和根茎，绕过大卵石，穿过一片片水洼，水洼的苔藓上铺了几块很滑的木板，呼吸着潮湿的木头和缓慢腐烂的树叶散发出的霉味。走路过去对我来说太远了，我们的腿太短，所以大部分时间我们都是划木艇过去的。

实验室是用原木搭建的。它看起来巨大无比，虽然从仅存的两张照片上看似乎更像个窝棚。但它确实有封闭式门廊以及原木的栏杆。里面的东西都是我们不能碰的——一些装着某种危险液体的瓶子，液体表面漂浮着蟒螬，它们那六只小小的前爪紧紧扣在一起，仿佛是祈祷时的手指，还有闻起来像是毒药，而且确实是毒药的软木塞，还有用又长又细的大头针固定着干燥昆虫的托盘，每一根大头针都有个细小而诱人的黑色针头。所有这些都带着浓重的禁忌感，让我们感到眩晕。

在实验室我们可以躲进冰屋里，那是一个昏暗神秘的地方，内部的空间总是比从外面看着大很多，而且里面总是很静，还有很多锯末用来保持冰块的温度。有时候，那里会有一罐上面打了孔并用蜡纸塞着的炼乳；有时候会有一块小心保存的黄油，或者最后一点培根；有时候那里会有一两条鱼，小梭鱼或者鲑鱼，已经被切成了块，放在一个有裂口的陶瓷馅儿饼盘子上面。

我们去那里干什么？实际上什么都没得干。我们假装自己失踪了——没有人知道我们在哪儿。这件事本身就奇怪地令人精神百倍。然后我们会出来，离开那片寂静，回到松针的香味和浪花拍打水岸的声音里，我们的母亲在呼唤着我们，因为到时间了，该回到艇上划回家了。

冰屋里的鱼是实验室的男孩们抓到的，他们会把那些鱼做了当晚饭吃。他们自己做饭——这是关于他们的另一件不一般的事情——因为那儿没有女人给他们做饭。他们睡帐篷，巨大的帆布帐篷，每个里面睡两三个人；他们有充气床垫，还有沉重的丝绵睡袋。他们经常胡闹，反正我愿意这样相信。有一张照片上他们正在装睡，光着的脚从帐篷下面伸出来。把脚伸出来的男孩是卡姆和雷。只有他们两个人有名字。

这些照片是谁拍的？为什么而拍？是我父亲？或者如果更

有趣的话，是我母亲？我估计她会一边拍照一边笑；我估计他们在演戏，玩得很开心。也许还会有更多那种无伤大雅的调情，因为大家都知道不会造成任何后果。是我的母亲把男孩们的照片贴进她的相册，并且在下面写了说明：“男孩们”“实验室的男孩们”“卡姆和雷，在‘睡觉’”。

* * *

我的母亲正躺在床上，她已经卧床一年。某种程度上说这是她自己的意愿使然。她的视力越来越差，所以不能再独自去散步，因为她会摔倒，她需要有人陪着她一起，比如她的某位老年朋友。但是，即使他们两人手挽着手出发，她还是会因为腿脚不利索而磕磕绊绊，然后他们就会一起摔倒。她曾经把眼睛周围摔得乌青，并终于摔断了一条肋骨——她摔在了床头柜上，她肯定在地上躺了好几个小时，痛苦地想要自己爬起来，又再次摔倒，像是玻璃罐里的甲壳虫一样，想自己回到床上去，直到我们——在她的反对下——聘请的日间看护来上班时才发现她。

然后她开始害怕走路，虽然她口头从没承认过，此外她还对自己的恐惧感到愤怒。最终她变得反叛。她反抗所有的一切：失明，行动受限，摔倒，受伤，恐惧。她不再想与这些悲惨的源头发生任何关系，于是她躲进了被子里。那是转换话题的一种方式。

现在，即使她想走路，她也走不了了：她的肌肉已经变得过于虚弱。但是她的心脏一直很强劲，让她能活着。她马上就要九十二岁了。

我坐在她的右边，因为她这边的耳朵还能听见：她的另一只耳朵完全聋了。这只好耳朵的听力和她的触感，是她与外部世界最后的联系。有一段时间我们相信她还有嗅觉。我们会带去花束——只带有香味的花，玫瑰、小苍兰、绣球和香豌豆花——并举到她鼻子下面。

“来！”我们会说，“很好闻是不是？”

她不会说什么。她一生中比大多数人说的谎都少，少很多；你甚至可以说她从不说谎。遇到可能需要撒谎的场合，她会以沉默回应。如果换了另一位母亲肯定会说：“是啊，太可爱了，非常感谢。”但她并不那么说。

“你什么都闻不到，是不是？”我终于问道。

“是。”她说。

她侧身蜷成一团，双眼紧闭，但她没有睡着。绿色的羊毛毯一直盖到脖子，只留了脑袋在外面。她的指尖露了出来：干瘪的手指，几乎只剩骨头，紧紧握成一个小拳头。她的双手需要被掰开进行按摩，那可费了一番力气，因为她把手握得太紧，就好像她在抓着一条看不见的绳子。那是船上的绳子，峭壁边的绳子——是那种她必须尽全力抓住，才不会落下甲板，才可以向上攀爬的绳子。

她把那只好耳朵紧贴枕头，什么都不听。我轻轻把她的头扭向一边，好让她听到我说话。

“是我。”我说。对着她的耳朵讲话，仿佛是对着一条又长又窄的隧道讲话，而这条隧道穿过黑暗，通向一个我根本无法想象的地方。她一整天都在干什么呢？一整天，然后一整夜。她在想什么？她无聊吗？她悲伤吗？到底发生了什么？她的耳朵是她与被埋没的一切活动之间唯一的连接，就像一株破土而出、仅能发出微弱信号的蘑菇，它表明地下还有一个巨大的千丝万缕的网络仍然活着并欣欣向荣。

“你知道我是谁吗？”我对着那只耳朵说。它甚至看起来都像蘑菇了。

“知道。”她回答，我知道这是真的：我说过，她不撒谎。

在这些时刻，我的用处就是给她讲故事。她最想听到关于她自己，关于年轻时的她自己，还有非常年轻时的她自己的故事；这些故事会让她笑；偶尔她甚至还会和我一起讲述。她不再健谈，她不能陈述情节，全让她自己讲是不行的，但她知道发生了什么，或者曾经发生过什么，而且她能说出一两个句子。我的任务困难重重，因为我能对她复述的只有她曾经告诉过我的那些故事，数量很有限。她最喜欢令人兴奋的故事，或者显示她的重要性的故事——比如她用自己的方式克服了困难——或者那些好玩的故事。

“你还记得实验室的男孩们吗？”我说。

“记得。”她说。也就是说她确实还记得他们。

“他们的名字是卡姆和雷。他们住在一个帐篷里。有一张他们把脚从帐篷里伸出来的照片。你还记得那些人吗？那个夏天？”

她说她记得。

我很难想象我的母亲那时候是什么样子。不，我很难想象她的脸。她的脸已经被之后太多不同版本的面貌层层覆盖，仿佛沉积层一样，让我似乎没办法回忆起她另外一张更年轻的脸。即使她的照片也与我能回忆起的任何样子都不一致。不过，我还记得她最重要的实质：她的声音，她闻起来的气味，靠在她身上的感觉，她在厨房里弄出来的让人安心的磕碰声；甚至还有她的歌声，因为她确实唱过歌。她曾经在教堂的唱诗班唱歌。她有一副好嗓子。

我依然记得她唱过的一些歌，或者是一些片段：

吹吧，吹吧，甜蜜而轻柔的，西海的风啊；
来自什么什么或者其他的啦啦啦，
吹过什么什么或者其他的啦啦啦，
把他再次吹向我，
而我的小宝贝们，我漂亮的小宝贝们，睡在……

我曾经以为她是因为开心才唱歌，但实际上她肯定是因为要哄我们睡觉才唱的。有时我没睡，但会假装睡了。然后我会偷偷地从枕头上抬起头，透过墙上的一个小孔向外窥视。我喜欢在父母没有察觉的时候偷看他们。“我会留心照看的。”我的母亲会说，她指的是煮鸡蛋或者烤饼干，或者甚至可能是我们，她的孩子们。所以，仅仅是被照看着也有一种保护作用，于是我也一直照看着我的父母。这会让他们安全。

我的哥哥折腾个不停。他有各种项目，他想全力投入，他要锯东西、锤东西。他想喝杯水，然后又想知道现在是几点，到第二天早上还有多久。我母亲一定是因为轻微的绝望而唱起了歌，她想争取一小部分傍晚的时间留给自己。如果她成功了，她就会坐在桌前，点亮煤油灯，和我父亲玩克里比奇纸牌。

有些傍晚父亲不在。他在实验室工作到很晚，黄昏时分才回来，有时候他还会出差好几个星期去采购。那么就只剩母亲一个人。她会在傍晚读读书，而外面的猫头鹰在鸣叫，潜鸟在哀嚎。或者她会给她远方的父母和姐妹写信，描述天气和一周发生的事情，但从不提及她的感受。我知道这些是因为在我长大成人离家之后，也曾收到过她写来的同样的信。

或者她会写日记。她为什么要费事写这些日记呢？她和她妹妹一起结婚的前夜，她们把自己写过的日记都付之一炬，这是她一生都在坚持的习惯。为什么把字句写下来，只是为了之后销毁吗？也许她把日记保留到了圣诞节，这样她就能把这一年中发生的大事写进圣诞祝福里。然后，在新年到来时，她可以把旧的一年抹掉，重新开始。她也烧信。

我从没问过她这样做的原因。她只会回答："减少杂乱。"这确实是部分事实——照她的说法，她喜欢搞清算——但并不是全部。

我还记得她写东西时后脑勺的样子，柔和的灯光勾勒出她的剪影；我还记得她的头发，她肩膀倾斜的角度。但不记得她的脸。

不过，她的腿——我却有着清晰的印象，她会穿上灰色法兰绒休闲裤，但只在一天中的某个时段穿：临近傍晚，日头渐落，太阳从林间投来黄色的光柱，闪烁在水面上。在那个时间，我们会沿着俯瞰湖水的小山坡走到一个地方，那里有个不一般的东西。那是个小小的水泥基座，被涂成了红色。它只是个界标，但在当时似乎充满了非人类的力量，像一个祭坛。

我们就是在这里等待父亲从实验室回来。我们会坐在暖和的岩石上，那里有一片驯鹿苔，天气干燥时很脆，雨后则很柔软，我们会聆听汽艇的声音——为此我们必须保持绝对安静——我还会靠在母亲穿着灰色法兰绒裤子的双腿上，也靠在她的皮靴上。很可能我对她靴子上复杂的褶皱和鞋带的记忆比对她的脸的记忆还要深，因为这双靴子没变过。在某个时刻，它们就不见了——它们一定是被扔掉了——但在那个时刻来临前，它们一直保持着原样。

这种仪式——沿着山坡行走，神秘的红色基座，等待，依靠，保持绝对安静——所有这些肯定就是我们的父亲出现的原因，他身披夕阳的身影随着船靠近码头而变得越来越大。

偶尔，实验室的几个男孩会和我父亲一起来我们家里，和我们一起吃晚餐。大多数情况下，晚餐的主菜是鱼。其他仅有的选择是火腿或者咸牛肉，或者培根，或者——如果我们幸运的话——用鸡蛋和奶酪做的菜。当时是战争时期，任何肉类都是配给的，但鱼是很容易获得的。我的母亲——在她还掌握着家务大权的时候——曾经说过，如果家里有客人来吃饭，她就拿着鱼竿到码头上甩个一两竿。只需要费这点工夫就行。她可以在半小时内钓到足够的小梭鱼当作晚餐。

“然后我就猛打它们的头，”我的母亲这样告诉她后来交的朋友——那些城里的朋友，“梆地一下！然后我们把内脏扔进湖里，这样熊就闻不到了。”她会带点炫耀，就一点点；那些朋友觉得她带着两个小孩到那么远的地方去，简直是疯了。但她们并不会说疯了，她们会说勇敢。然后她就会笑。“哈，勇敢！”她会这样说，意思是这并不需要勇敢，因为她并不害怕。

也许卡姆和雷来吃饭了，吃了鱼。我当然希望是这样。他们两人是一本小说里的人物，出自一本我从没读过的小说。我对他们没有实际的印象，但我在十二三岁时爱上了他们的照片。卡姆和雷比电影明星好看得多，因为他们更真实，或者他们的照片更真实。他们也更性感，虽然我没有什么发言权。他们看起来是那么生气勃勃，那么富有冒险精神和有趣，两个人都是。

那些照片现在就在楼上，我家的楼上。母亲完全失明之后，它们和相册里的其他照片就都被我拿走保存了。

所有照片都是黑白的，不过较早的照片有点发黄了；它们跨越了从1909年我母亲出生时起到1955年她似乎完全放弃整理相片为止之间的很多年。不过在这些年之间，她是一丝不苟的。虽然她焚烧信件，毁坏日记，想办法掩盖人生的轨迹，但她肯定仍然希望能有某种见证——证明她步履轻盈地走过了她的时代。或者她想留下一些线索，沿途散落在这里和那里，让想要找到她的人有迹可循。

每张照片下面都有我母亲娟秀的笔迹，用黑色墨水写在灰色纸页上：名字、地点、日期。封面的照片上是我的外祖父母，他们穿着周日弥撒时才穿的最好的衣服，骄傲地站在他们新斯科舍省的白色房子外面，和他们的第一辆车——一辆福特——合影。然后是几位年迈的曾外祖母的照片，她们穿着印花布连衣裙。阳光投下的阴影加深了她们的眼窝和皱纹，还让她们的鼻子下面长出了小胡子。母亲初次亮相时是个被缎带包围的小婴儿，然后变成了一个穿着蕾丝领裙子、戴着发圈的小女孩，然后变成一个穿着工作服的假小子。她的妹妹们和弟弟们这时也都出现了，并且一个个都长大了。我的外祖父多出了一身军医的制服。

“1919年你得流感了吗？”我对着母亲的耳朵问道。

短暂停顿。“得了。”

“你母亲得了吗？你的妹妹们呢？你的弟弟们呢？你父亲得了吗？”似乎他们都得了。

“那谁来照顾你们？”

又一个短暂停顿。“父亲。”

“他一定很擅长照顾人。”我说。因为他们都没死，没死在当时。

她在思考，过了一会儿说：“我想是吧。”

她反抗她的父亲，但又爱他。他是个固执的人，她常说。他有顽强的意志。有一次，她曾经告诉我，她和他太像了。

现在我的母亲是个十几岁的少女，正和一群女孩一起在海滩上嬉笑，她们穿着长裤和条纹上衣，手臂搭在彼此的肩头。“甜蜜十六岁”，海边的这群女孩这样说。我母亲在中间。照片下面写着每个人的名字：杰茜，海伦妮，“我”，凯蒂，多萝西。然后是一张类似的照片，这次是冬天，女孩们围着围巾，穿着夹克，我母亲还戴着防寒耳罩：乔伊丝，“我”，凯，“对抗风暴”。她整理照片的早些年里总是自称“我”，并给这个字打上双引号，仿佛她在援引某些书面的观点来证明她就是她。

她的另一副样子：这次她正在抓着一匹马的鞍带，和它鼻子贴鼻子。照片下写着：迪克和“我”。她现在很爱听跟马有关的故事，我可以一遍一遍地讲。两匹马的名字分别是迪克和内尔。内尔很容易受惊，还不服管教，带着母亲狂奔，她从马鞍上滑落的话很有可能会被拖死，那样我就不会出生了。但这并没有发生，因为她抓稳了——死也不松手，正如她常说的。

“你还记得迪克吗？”

“记得。”

“你还记得内尔吗？”

“内尔？”

“她带着你狂奔。你抓住她死也不松手，记得吗？”

这时她笑了。在那儿——在那条把她和我们隔开的漫长而黑暗的隧道尽头——她又开始了狂野的奔跑，跑过草地，穿过苹果花盛放的果园，拼命抓牢缰绳和鞍座，她的心因为巨大的喜悦而狂跳奔突。她能闻到苹果花的香味吗，在她当时的处境？她狂奔时是否能感觉到空气吹向脸庞？

“永远别忘了关上牲口棚的门，”她的父亲告诉她，“如果马受惊了，它会直接跑回家，往牲口棚里跑，它跑进门时，你可能会撞到门框上。”所以你看，她当心了，她没有忘记关门，因为内尔在牲口棚前突然停住，颤抖着，浑身冒着汗，嘴角泛着白沫，翻着白眼。我妈妈放松了自己，松开了缰绳，下了马。她们都冷静下来。美好的结局。

母亲喜欢美好的结局。在她人生的早期——以及我人生的早期——没有这种结局的故事都会被她尽快束之高阁。我尽量不去重复任何悲伤的故事。但是有些故事没有结局，或者她没有告诉我结局，我去看她的时候，每次都会在脑子里随时可以调取的看不见的故事储备中遇到这类故事，我的好奇心会占上风，我缠着她，因为我想知道发生了什么。但她就是不说。她不告诉我。

她爱的人——那些和她年纪相仿的人——很多已经去世了。大部分都死了，几乎没有人还在。她希望得知每个人去世的消息，但是之后她就再也不会提起那些人。她把他们安全地放置在她脑海中的某处，以她喜欢的形式。她让他们回到了他们所属的时间层。

* * *

她又出现了，穿着冬装——戴着一顶钟形帽，穿一件外翻皮草领子的大衣，风格很新潮："我"，在吃一个甜甜圈。这张照片一定是母亲上大学那几年，被某位女性朋友拍下的。那些年是她挣来的，她为之努力工作，努力攒钱。当时正是大萧条最为严重的时期，所以肯定很不容易。她选择了一所离家很远的大学，这样她就不会被她父亲监管和限制，反正她父亲一直觉得她根本没必要进入更高等的学府。然后她一直很想家。但这并没妨碍她参加速滑训练。

照片有几年的间隔，然后她结婚了。参加婚礼的人们在白色大房子的门廊前面列队站好拍照，房子上装饰着她们三姐妹中最小的妹妹亲手制作的花环。那个小妹全程都在哭。二妹也是婚礼的主角，因为她也在同一天结婚。留着两侧极短的背头发型的我父亲双脚分开，双臂抱在胸前站着，显得若有所思。姨妈、叔叔、父母和兄弟姐妹们簇拥在一起。他们看起来很冷静。那是1935年。

到这个时候，我的母亲在照片说明里已经不再自称“我”，而是用她姓名的缩写替代——她婚后的新姓名的缩写。不然她就根本不写自己的名字了。

接着是她婚后的部分。一些关键的事件被遗漏了。蜜月是一次惊险刺激的独木舟之旅——母亲之前从未接触过这种水上交通工具，但很快就游刃有余；然而却没有留下照片。不久后我襁褓中的哥哥也露面了，然后是他们三个一起到林子里去了。他们住帐篷，而父亲在业余时间给他们搭起了一座小木屋。母亲用篝火做饭，在湖水里洗衣服，闲暇时她练习射箭——这是一张她在射箭的照片——或者伸手给灰鸦喂食，或者纵身跃入冰冷的湖水，让镜头在底片上留下一片模糊的斑点。

我出生时，小木屋已经建好。它是板条搭建的，共有三间卧室，一间父母住，一小间我和哥哥住——我们有木料做的双层床——还有一间客房。我脑中仍然留存的关于那间小木屋的印象都是地板，我肯定在那里花的时间最多：不是坐在地板上面，就是离它不远。我还记住了一种声音：红松林里的风声，远处摩托艇靠近的声音。此外，大门是用一块金属做的，我母亲会用一根长钉子敲击大门，通知我们饭已上桌。只要我想，我就能听到那个声音。

那座小屋已经不在了，它被拆除了。有人在那个地方盖了一座时髦得多的房子。

不过，照片上的母亲正站在小屋的外面喂灰鸦。如今的她与骑马、福特轿车和穿着花裙子的姑姑、婶婶们的世界距离遥远。要想到达那个小屋，要先经过一条狭窄的铁路或者最近刚建成的单行砂土路，然后还要坐船或者步行。小屋四周被蓬乱、无边、时常有熊出没的森林环绕。湖面上——寒冷而危险的湖面上——有潜鸟。有时候狼会嚎叫，而小村里的狗这时也会呜咽着尖叫。

那时，实验室也已经建好。它是先于小屋建造的。重要的事情先办。

卡姆和雷一定有特别之处，因为他们的照片很多。他们出现在实验室的码头上，出现在他们的帐篷里，还坐在原木搭建的实验室的台阶上。在另一张照片上，他们还有自行车。他们一定是把自行车带上了火车，但他们为什么要这样做呢？森林里没有能骑自行车的地方。

但或许他们是沿着新砂土路骑车到村子里的。那就真是一项壮举了。又或许他们是在某次外出采购途中，在有平坦小路的地方骑的，因为他们的自行车上载满了各种装备——背包、捆包、行李袋，两边还挂着被煤烟熏黑的马口铁罐。他们站起来，为重心不稳的自行车找平衡，咧开嘴露出战时的笑容。他们没穿衬衣，古铜色的皮肤和肌肉袒露着。他们看起来多么健康啊！

“卡姆死了。”有一次母亲和我一起看这些照片的时候说，那时她的眼睛还能看见。“年纪轻轻就死了。”她违背了自己不说坏结局的规则，所以这次死亡对她来说一定有很大的意义。

“因为什么？”我问。

“他得了一种什么病。”她从来不会详细说明是什么病：说出来就等于招惹它们。

“那雷呢？”

“他出事了。”我母亲说。

“他参战了吗？”

片刻停顿。“我不确定。”

我忍不住。“他阵亡了？”如果他必须英年早逝，那么在我看来这似乎是种合适的方式。我希望他死得英勇。

但她闭口不谈。她不想说。一个死掉的男孩对那天来说已经够受了。

我的母亲最后一次浏览她的相册——她最后一次还能看到的时候——是她八十九岁那年。那时我的父亲已经去世五年了。她知道她要失明了。我觉得她想最后再看看所有的一切——看看她自己，看看他，看看那些如今对她来说一定太遥远、太无忧无虑、充满太多阳光的岁月。

她不得不俯下身去，靠近相册的页面：退化的不仅是她的视力，还有那些照片本身。它们褪了色，逐渐苍白。她快速翻过最早的那段时光，笑着看着泳装女孩中的自己，然后又换了一种笑容看着她的婚礼照片。她细细欣赏着实验室的男孩们聚在码头上的合影。“这是男孩们。”她说。她翻过一页：我的父亲正在凝视着她，手里抓着的鱼线上钓着一条大红点鲑。

“我不介意钓鱼，”我母亲说，“但收拾鱼是我的底线。那就是我们的分工，给鱼开膛一直是他的活儿。”他们确实有这种分工——谁该负责干什么活儿。我从小认为这些是自然规律。后来才知道这些分工都是她安排的，这对我来说简直是个大新闻。

然后她提到了一些以前从没告诉过我的事情。

“有一年夏天，”她告诉我，“实验室来了个印度人。”

“印第安人[1]？你是说湖区那边的一个印第安人？”那边是有这种印第安人，他们用陷阱捕鱼，不时坐在独木舟上漂过

1　原文Indian这个词既可以代表印度人，也可以代表印第安人，此处母亲指的是印度人，叙述者误以为是印第安人，后文中有澄清。

来。战时大家都没有什么燃料。如今印第安人都开上了摩托艇。

“不是，”母亲说，“一个印度人，从印度来的。”

接受这个迥异的人来当助手确实是我父亲的风格。他并没预见到这个印度人会遇到诸多困难，因为他觉得根本不会有困难。任何一个认真对待甲虫的人都是他的朋友。可是如果这个印度人是个吃素的印度教徒怎么办？如果他是个穆斯林怎么办？在林区大家一直都吃培根。烟熏培根能够保存很长时间，而且很适合和其他东西一起煎炸：比如鸡蛋——如果我们有的话——比如午餐肉，比如鱼。然后你还可以把多余的培根油脂涂抹在靴子上。如果穆斯林看到了培根会怎样？

“他人好吗？”我问，“那个印度人？”我们没有他的照片，这我很肯定。

“我希望如此，”母亲说，“他带来了白色网球服，还有一个网球拍。”

“他为什么要这么做？”我问。

“我不知道。”母亲说。

但是我知道。这个印度来的年轻人一定觉得自己要去乡下了——而他要去的这个“乡下”在别处曾经有另外的含义。他脑子里想到的是一座英式乡间宅邸，在那里他可以打打猎，骑骑马，在草地上喝喝下午茶，沿着草本花坛散散步，还可以打打网球。

他一定受过教育，才有资格成为在实验室工作的男孩，所以他肯定来自一个富裕并且有地位的印度家庭，家里还有很多仆人。他的家人会认为他决定研究昆虫一定是有些怪癖，不过话说回来，很多英国的上流家庭——比如达尔文家——过去也这么做过。

然而他们从来没有在这样的荒郊野外做过这种事。这个年轻的印度人是如何流浪到这么远的地方，漂洋过海来到了新大陆，并径直来到了一个几乎与世界隔绝的地方的呢？

“那是哪一年？”我问，“是在战争期间吗？我当时出生了吗？”但母亲想不起来了。

大概也是在那段时间——当时她还能走路，但已经开始跌倒——她告诉了我另一件她以前从未告诉过我的事情。她在反复做着一个梦，她说；同一个梦，一遍又一遍。她感到很害怕，也很难过，尽管她没有这样说。

梦里她独自置身林中，一个人在一条小河的旁边走路。她并不算是迷路了，但四周没有别人——本来应该在那里的人都不见了。没有我们的父亲，没有我的哥哥，也没有我；没有她自己的弟弟和妹妹，也没有她的朋友或父母。她不知道他们去了哪里。一切都极为寂静：没有鸟，没有水声。她抬头看，除了空旷的蓝天，什么都没有。她遇到了横跨在小河上的一棵巨大的残木，它挡住了去路。她不得不爬上湿滑的树干，双手攀着，一下接一下地把自己的身体朝着天空往上拉，往上，往上，往上。

“然后呢？”我问。

“这就是梦的全部了，”她说，“然后我就惊醒了。但是之后我还会再做一遍同样的梦。”

有一个需要问的问题是关于这个梦本身的——她为什么会做这个梦？我曾经想过这个问题。但另一个问题——是我现在才想到的——应该是：她为什么要把这个梦告诉我？

还有一件怪事。在一个装着湖泊、划艇和实验室的零散照片——一些没有被选中并贴进相册的照片——的信封里，我找到了几页她的日记。所以她并没有把每一页都烧掉，她保留了几页。她挑出了这几页，把它们撕下来，保护它们不被损毁。但为什么是这几页？我仔细阅读了它们，但仍然弄不明白。没有发生任何戏剧性的事件，也没有记录着什么重要的反响。这是为了让我找到而故意留下的信息吗？还是个疏忽？为什么要留下一张只写了一句“非常美好的一天!!!”的页面呢？

* * *

如今已经是四年后，母亲老了许多。“我们很长寿。”有一次她这样说道。“我们”指的是她家族里的女性。然后她又说：“过了九十岁，每一年你都会老十岁。”她预见到自己会越来越虚弱，越来越单薄，越来越有气无力，这些也都在她身上一一验证。但她仍然笑着。而且，通过那只好的耳朵，她还听得见。

我把枕头上她的头移向一侧，好跟她说话。“是我。”我说。她笑了。她没有再多说什么。

“你还记得迪克和内尔吗？”我开口了。提这两匹马通常不会错。

没有回应。她的笑容一闪而过。我只能选择另一个故事。“你还记得那个印度人吗？”

一个停顿。“什么印度人？”

“有一年来实验室的那个印度人。你们住在北边的时候，还记得吗？他是从印度来的，他有一个网球拍。你跟我说过他。”

“我有吗？”

印度人也毫无希望了。他不会复活了，今天不会。我试了试其他故事。“你还记得卡姆和雷吗？你有一些他们的照片，在你的相册里。他们有自行车。记得他们吗？”

漫长的停顿。“不记得。”母亲终于说道。她从不说谎。

“他们睡在帐篷里，”我说，“还把脚伸到外面。你给他们拍了照片。卡姆很年轻就死了。他得了一种病。”

她的头在枕头上转了个方向，压住了那只好耳朵。她闭上了眼睛。谈话到此结束。她又回到里面去了，回到很远，很远，回到了传说中的时代。她在做什么？她在哪里？她正骑在马背上穿越森林吗？她在对抗风暴吗？她又做回了她自己吗？

这些男孩的命运现在由我决定。还有那个来自印度的年轻人的命运。我想象着他从小火车上下来，拖着一个巨大的皮革旅行箱，腋下夹着他的网球拍。箱子里会有什么呢？漂亮的丝绸衬衫，精致的羊绒夹克，优雅闲适的鞋。

他踩着碎石路下山，走向村子的码头。然后他在那里站住了。他的沮丧随着他走过的每一英里路而加深，他经过森林和更多的森林，他经过大片的沼泽地，在那里，树皮剥落、颜色黝黑、仿佛被焚烧过一样的死云杉树矗立在齐膝深的水中，他经过花岗石基岩上炸开的缝隙，他经过仿佛关上的窗一样平静的蓝色湖泊，然后他经过更多的森林和更多的沼泽，经过更多的湖泊——这种沮丧就像一张网一样笼罩着他。他的灵魂感受到了面前这个空旷空间的牵引：这里有无尽的树木，无尽的岩石，以及深不见底的水面。他面临着蒸发的危险。

铺天盖地的黑蝇和蚊子已经在向他发起攻击。他想转身去追那列已经远去的火车，大声呼喊着让它停下来，拯救他，带他回家，或者至少带他去一个城市，但他做不到。

一艘摩托艇已经从实验室——他根本都还不知道实验室在哪儿——出发了。不是汽艇，没那么高级，只是一艘粗糙的木艇，手工打造的。他见过类似的船，但不是在富裕的地方。船从平静的水面上向他驶来，水面上闪烁着落日余晖。船上坐着一个人，明显是个农民：五短身材，戴着一顶破毡帽，穿着一件旧的卡其布外套，还有——他现在看见了——一个农民式热烈而狡猾的笑容。这应该是被派过来帮他拿行李的仆人吧。也许那个有草坪和网球场的乡间宅邸就隐藏在森林里，在那座小山的后面，或者后面那座，看起来更像是后面那座。

船上的人是我父亲。他之前一直在砍柴，然后才把这艘一直在慢慢漏水的船开了出来，他和马达进行了短暂而激烈的搏斗，他要拉动一根油腻的绳子来启动马达。他两天没刮胡子了；树汁和油脂把他宽厚的手掌染黑，也弄脏了他的衣服。他关闭马达，跳上码头，把船拴好，动作一气呵成，然后大步走向印度人，向他伸出满是污垢的手。

印度人当场呆立：这是一次礼节上的危机。他当然没想要和这个正在欢迎他的到来，帮他把行李搬到那条肮脏的船上，亲手拿起他的网球拍，邀请他到家里吃饭，还保证他能吃到鱼的苦力握手。鱼？他说的鱼是什么意思？现在我的父亲在说，他相信男孩们会确保他在帐篷里过得舒适——帐篷？什么样的帐篷？他说的这些男孩是谁？这到底是怎么回事？

我有时会想起那个印度人以及他在北方遭受的磨难。他一定已经返回了印度。一旦他能体面地得到自由，他肯定会迅速逃回家去。他会有一两个故事可讲，关于黑蝇和木屋搭成的实验室，还有那两个把光着的脚丫伸到帐篷外面的年轻野蛮人。

我把野蛮人的角色给了卡姆和雷，因为我希望他们能有更多的故事——比我知道的故事还多，比他们经历过的还多。我给了他们一个任务，让他们哄那个背井离乡但很有教养的印度人开心，或许可以拍拍他的后背，告诉他没事的，会好的。他们会带他去钓鱼，给他一些驱蚊药，再给他讲几个跟熊有关的故事。也许他们会在实验室里给他安置一个睡觉的地方，这样他就不会那么紧张了：夜晚第一次听到潜鸟的叫声确实会让人吓坏的。他们会给他看看他们的烟斗；然后他们还会给他看看他们的自行车，意在强调他们把这种几乎毫无用处的交通工具带进林区的愚蠢行为，这样他就不会觉得带上网球拍有多白痴了。

这些都会让他们有点事情做。我希望他们从龙套的行列中脱颖而出。我希望他们能够得到有台词的角色。我希望他们大放异彩。

他们就在那儿，已经开始了行动。他们两个人跑下山去，来到实验室的码头。他们和那个印度人打了招呼，他们拉起他的手，帮他下了船。太阳快要落下去了，西边的天空是透着橘红的粉色云彩：明天会是个好天气，但或许会起风——我的父亲说，他把皮革旅行箱搬下船，然后爬上码头，眯起眼睛望着天空——明天会有一些风。

卡姆拎起旅行箱；雷点燃了烟斗。有人开了个玩笑。关于什么的？我听不见。现在，他们三个人——卡姆、雷和那个优雅的印度人——都在码头上走着。我父亲跟在后面，手里不知道为什么拿着一个红色的金属煤气罐。那抹红色在墨绿森林的映衬下，显得格外耀眼。

印度人回头看了看，只有他能感觉到我在看着他们。但他不知道是我：因为他很不安，因为他来到了一个陌生的地方，他以为在看着他们的是森林或湖本身。然后他们都爬上了小山坡，朝着山上的实验室走去，在森林中消失不见了。

致 谢

Acknowledgements

致　谢

我要感谢所有对这本书有过帮助的人，包括其中一些故事的早期读者：杰西·阿特伍德·吉布森和格雷姆·吉布森；感谢我的经纪人菲比·拉莫尔、薇薇安·舒斯特尔和戴安娜·麦凯；感谢我的编辑、美国双日出版社的娜恩·塔利斯，英国布鲁姆斯伯里出版社的丽兹·考尔德和加拿大麦克莱兰&斯图尔特出版社的艾伦·塞利德曼；感谢我不知疲倦的编审希瑟·桑斯特；感谢我的办公室O. W. Toad的露西娅·西诺和劳拉·斯坦伯格；感谢彭妮·卡瓦诺；感谢莎拉·库珀和迈克尔·布拉德利；感谢科琳·奎因；感谢约翰·诺塔利亚尼和斯科特·西尔克；感谢吉恩·戈德堡，还要感谢乔尔·鲁比诺维奇和谢尔顿·肖布；感谢爱丽丝·利马；并且再次感谢艾琳·艾伦和梅琳达·达贝。

我还要感谢露丝、哈罗德和莉诺；马修和小格雷姆；马克斯、邦妮和芬恩；赞德拉·宾利；以及波莱特·吉尔斯，她是位马语者，但绝不是本书中的人物。

本书中的一些故事曾发表于以下杂志：

《坏消息》：《卫报》，2005年；《花花公子》，2006年。

《烹饪与餐桌服务之道》：《多伦多生活》，2005年；《新政治家》，2005年。

《鬼魂》：《多伦多生活》，2006年。

《拉布拉多大溃败》：最初于1996年通过布鲁姆斯伯里"一英镑"系列丛书发表，形式与本篇故事略有不同。本篇故事涉及的真实事件的原始版本可见于狄龙·华莱士所著的《拉布拉多荒野的诱惑》（1905年由弗莱明·H.雷维尔公司出版，并于1977年由纽芬兰的布鲁克沃特书店再版）。

《实验室的男孩们》：《西洋镜：故事集》，2006年。

本书的英文书名"Moral Disorder"是格雷姆·吉布森1996年正在创作的小说的书名，同年，他决定停止小说创作。承蒙他的许可，我得以在此使用这个英文书名。